Lutz Doblies

# Interview mit Maya Traskova

*„Wenn du müde geworden bist*
*vom Laufen nach den Sternen,*
*um den Menschen*
*in der Nacht etwas Licht zu bringen,*
*dann setz dich in der Stille nieder*
*und lausche auf die Quelle.*

*Wenn du tief genug vordringst*
*zum Kern der Dinge,*
*dann bekommst du Augen,*
*um unsichtbare Dinge zu sehen,*
*und Ohren,*
*um unhörbare Dinge zu hören."*

*Phil Bosmans*

Bibliografische Information Der Deutschen Bibliothek

Die Deutsche Bibliothek verzeichnet diese Publikation in der
Deutschen Nationalbibliografie; detaillierte bibliografische Da-
ten sind im Internet über <http://dnb.ddb.de> abrufbar.

Herstellung und Verlag: Books on Demand GmbH, Norderstedt

ISBN 978-3-8391-2313-3

Sigrid

Bodo dachte sich, dass es Zeit wäre, ein ganz besonderes Interview zu führen. Er wusste nur nicht, mit wem. Alle, an die er dachte, waren dafür nicht die richtigen Interviewpartner. Erst als er mit seiner Bekannten Maya darüber sprach, sagte sie ihm, er könne doch mit ihr ein Interview führen, wenn er niemanden anders finden würde. Er suchte noch eine sehr lange Zeit, bis er sich für Maya entschied. Er hatte auch das Gefühl, dass es die richtige Zeit dafür sei.

Maya war eine attraktive Frau Mitte vierzig, schlank, sportlich und hatte schwarzes Haar, das lockig über ihre Schultern fiel. Ihre klaren Gesichtszüge strahlten Zufriedenheit und auch Wissen aus. Eine gewisse Strenge unterstrich ihre Autorität. Ihre Augen waren so leuchtend, dass die Autorität einen weichen Charakter bekam und eine Offenheit ausstrahlte, die ihre Kunden auch zur Offenheit animierte. Sie genoss das Vertrauen, das ihr entgegen gebracht wurde.

Sie hatte das Atelier arTra gegründet und aufgebaut. Über viele Jahre wuchs ein bekanntes Atelier heran, das auch Besucher aus weit entfernten Orten anlockte. Allein die Art und Weise, wie Maya es führte, fanden viele Menschen interessant, wobei sich auf eine arTra-Session selbst nicht so viele Menschen einlassen konnten. Sie würden mit ihren innersten Gefühlen, Einstellungen und Blockaden in Berührung kommen.

Maya fand es sehr schade, denn viele Kunden konnte sie zu ihren innersten Wünschen, Fähigkeiten und Potenzialen führen. Es machte ihr große Freude, über die verschiedenen Mittel, einen Weg zu finden, innere Blockaden zu lösen. Es war ein bewährtes System geworden. Sie sammelte über die Jahre Erfahrungen, die sie immer wieder einsetzen konnte.

Es kam sogar vor, dass einige Therapeuten ihre Klienten zu Maya schickten. Maya freute sich sehr darüber, den Menschen helfen zu können. Es war von Kindheit an ihr sehnlichster Wunsch gewesen.

Die kleine Katze, die bei Maya regelmäßig vor der Tür stand, war ihr zugelaufen, als sie noch sehr jung war. Eines Tages stand sie vor der Tür und miaute kläglich. Als Maya die Tür öffnete, strich sie ihr um die Beine und schmuste mit ihr. Maya besorgte reichlich Katzenfutter. Seit dem sind beide sehr gute Freunde geworden, die doch jeder für sich ihren eigenen Weg gingen.

An einem Tag war es soweit, dass Bodo Maya anrief und einen Termin für das Interview vereinbarte. Er sagte ihr, er würde ungefähr einen Tag brauchen. An einem Mittwoch wollten sie sich treffen.

Er kam gleich morgens um neun Uhr. Maya machte die Tür auf und begrüßte Bodo.

„Hallo Bodo", begrüßte ihn Maya.

„Hallo Maya, schön, dass du dir Zeit für mich nimmst", sagte Bodo.

Sie gingen in das Atelier. Maya führte Bodo durch die Räume um den besten Platz für das Interview zu finden. Es waren der Ausstellungsraum, das Studio, das Atelier, das Gesprächszimmer und das Büro. Neben der kleinen Küche war noch ein kleines Bad mit Dusche.

Der Ausstellungsraum war der größte Raum und direkt am Eingang. Durch die Schaufenster konnte, man etwas von der Ausstellung sehen. Durch einen kleinen Flur gelangte man zu dem Büro, in die Küche und zur Toilette. Das Gesprächszimmer und das Studio erreichte man direkt über den Ausstellungsraum.

Das Büro war ein kleiner Raum, in dem gerade ein Schreibtisch und ein Schrank für Dokumente stehen konnten. Er war aufgeräumt und schmuckvoll eingerichtet, wie alle ihre Räume.

Bodo meinte, es wäre gut und authentisch, wenn sie das Interview in den verschiedenen Räumen machen würden. Dadurch könne er sich besser inspirieren lassen und es würde lockerer in der passenden Umgebung sein. Er habe zwar eine Liste mit Fragen, wolle das Interview doch lieber spontan und intuitiv führen.

„Möchtest du etwas trinken?" fragte Maya.

„Was kannst du mir anbieten?" erwiderte Bodo.

„Ich habe Wasser, Tee, Kaffee und Apfelsaft."

„Gerne ein Glas Wasser."

„Wo wollen wir beginnen?" fragte Maya.

„Lass uns da beginnen, wo du den Beginn mit deinen Klienten hast."

„Bei mir heißen sie Kunden. Dann beginnen wir im Ausstellungsraum."

Maya holte den Krug mit Wasser und zwei Gläser. Sie setzten sich an den kleinen Besuchertisch im Atelier.

„Was sind das für Steine in dem Krug?" wollte Bodo wissen.

„Ich habe einen Rosenquarz, einen Amethysten und einen Bergkristall hinein getan."

„Was bewirken sie?"

„Das Wasser schmeckt dadurch weicher und frischer."

„Ehrlich?" fragte Bodo etwas ungläubig.

„Ich hole ein Glas Wasser direkt aus der Leitung. Dann kannst du es vergleichen."

Maya holte ein Glas Wasser und Bodo konnte es direkt vergleichen.

„Hm. Das ist ja interessant. Das Wasser aus dem Krug schmeckt wirklich viel sanfter. Zu Hause werde ich das auch gleich einführen. Mal sehen, was meine Frau und meine Kinder dazu sagen."

Nach einer kleinen Pause: „Maya, wollen wir mit dem Interview beginnen?" fragte Bodo.

„Gerne."

Bodo schaltete das Aufnahmegerät ein.

Maya sah, dass es ein Edirol von Roland war. Sie kannte sich ein wenig damit aus, weil sie überlegt hatte, die Gespräche mit den Kunden aufzunehmen. Aber am Ende kam sie zu dem Schluss, dass es auf den Prozess ankam und nicht auf das einzelne Wort. Bei manchen Gesprächen hätte sie es sich schon gewünscht, weil sie sehr interessant gewesen waren.

*Hallo liebe Maya. Wir kennen uns schon viele Jahre. Ich darf nun die Frau interviewen, die ich für ihre Arbeit sehr bewundere.*

Hallo Bodo, danke schön. Das ehrt mich sehr, dass ich für Art'n&More interviewt werde, die ich immer wieder gerne lese. Aber diese Frage wird wohl nicht so gedruckt, wie du sie gestellt hast?

„Nein, ich werde aus den Fragen und Antworten ein druckfertiges Interview erstellen."

„Gut. Aber ich bekomme vor dem Abdruck noch eine Kopie, um den Text dann auch zu korrigieren freizugeben. Ich möchte nicht, dass irgendetwas über mich gedruckt wird, was ich nicht bin", sagte Maya.

„Das ist klar. Das macht die Art'n&More sowieso nicht. Das machen andere Zeitschriften. Wir haben einen Codex, an den wir uns strikt halten. Und dazu gehört der Respekt gegenüber den Menschen."

„Von eurem Codex habe ich schon gehört. Was beinhaltet er genau?"

„Wir gehen mit Respekt mit den Menschen um. Wir veröffentlichen auch nur das, was sie über sich auch lesen möchten."

„Kann es dann nicht passieren, dass etwas abgedruckt wird, was die Leute von sich gerne lesen wollen, aber nicht ihnen entspricht?" fragte Maya.

„Ja, dass kann schon passieren. Aber wir haben über die vielen Jahre die Menschen kennen gelernt und viele Schulungen bekommen, so dass wir meistens herausfinden, ob die Texte der Wahrheit entsprechen."

„Wahrheit ist ein schönes Wort. Wessen Wahrheit?"

„Ein gutes Thema. Natürlich unsere Wahrheit!"

Beide lachten.

„Nein, im Ernst, wir sind schon bemüht, der Wahrheit nahe zu kommen. Aber es ist nicht immer möglich. Wir haben schließlich unsere eigenen Brillen auf und so wird es schon unsere Färbung enthalten können", sagte Bodo.

„So hatte ich es mir auch vorgestellt. Ich finde es wunderbar, dass du es so offen sagst."

*Dein Name Traskova verrät eine russische Abstammung. Bist du in Russland geboren?*
Nein. Ich bin in Deutschland geboren, so wie meine Eltern auch. Die Eltern meiner Mutter und meines Vaters kannten sich sehr gut und sind gemeinsam nach Deutschland gekommen, als sie frisch verheiratet waren. Sie hatten sich in dieses Land verliebt und hatten sich auch schnell eingewöhnt und fühlten sich sehr schnell zu Hause und auch als Deutsche. Viele Menschen, die später auch ihre Freunde waren, hatten ihnen dabei geholfen sich einzuleben. Sie waren

sehr offen und interessiert an den unterschiedlichen Kulturen.

*Das hat dich auch offen gemacht für etwas Neues?*
Ja. Die Neugier und das Interesse habe ich von meinen Eltern gelernt und sie wiederum von ihren Eltern. Ich glaube fast, ich habe es von ihnen geerbt.

*Leben deine Großeltern noch?*
Nein, sie sind schon vor langer Zeit verstorben. Meine Eltern leben leider auch nicht mehr. Gerne hätte ich noch mit ihnen zusammen gesessen und mich mit ihnen unterhalten. Sie fanden immer so schöne und passende Worte, wenn ich mal ein Problem hatte.

### *Mayas Erinnerung an ihre Eltern*

Als Kind war sie begeistert von ihren Eltern. Sie waren ihr Vorbild. Ihr Vater hatte immer dafür gesorgt, dass es ihnen gut ging und ihre Mutter hatte die Familie zusammen gehalten.

Immer, wenn sie eine Frage oder ein Problem hatte, konnte sie ihre Eltern fragen. Aber nie nahmen sie ihr die Lösung der Probleme aus der Hand. Sie halfen, aber Maya musste es machen.

Ihr gingen viele Bilder durch den Kopf. Bilder aus der Kindheit. Sie lächelte bei manchen Bildern. Besonders, als sie ihren ersten

Freund mit nach Hause brachte. Ihre Mutter war begeistert und ihrem Vater sah sie an, dass sich die beiden kennen würden. Er kannte ihn gut. So herzlich wurde kein anderer Freund aufgenommen. Leider hielt die Beziehung nicht lange. Maya hatte zu viel mit ihrer inneren Sehnsucht zu tun gehabt.

Als sie mit einer Freundin nach Hause kam und sagte, dass sie mit ihr zusammen leben wolle, waren ihre Eltern nicht begeistert. Sie wollten gerne Großeltern werden und Maya war ihr einziges Kind. Aber Maya dachte noch gar nicht an Kinder. Sie wollte ihre Träume erfüllen, wollte ganz groß heraus kommen. Womit, wusste sie nicht, aber sie wusste, dass sie es wollte. Egal war es ihr aber auch nicht, womit sie ihr Geld verdienen würde. Sie träumte gerne von dem großen Ruhm, der doch ausbleiben sollte. Aber sie tröstete sich, dass es vielleicht später kommen würde. Wer könne schon in die Zukunft blicken.

Sie hatte sehr viele schöne Erlebnisse mit ihren Eltern. Weihnachten war es besonders stimmungsvoll. Sie liebte diese Zeit. Die Stimmungen, das Kribbeln im Bauch, den Duft der Weihnachtskekse. Am Liebsten hatte sie die Haselnusskekse, die ihre Mutter immer am ersten Advent gebacken hatte. Maya half ihr dabei. Sie durfte auch immer den ersten Keks essen. Darauf war sie besonders Stolz. Auch der rohe Teig schmeckte ihr gut.

Es dauerte lange, bis sie selbst die Kekse so

backen konnte, wie ihre Mutter. Sie hatte zwar das Rezept, aber es war damals doch etwas anderes. Erst als sie akzeptierte, dass es ohne ihre Eltern alles anders war, mochte sie die Kekse wieder genau so gerne, wie damals. Sie freute sich schon auf den ersten Advent.

Gleich darauf waren ihre Gedanken bei dem Verkauf des Elternhauses. Nachdem sie verstorben waren, wollte sie das Haus verkaufen. Sie lebte dort eine lange Zeit und wuchs dort auch auf. Sie hätte nicht gedacht, dass es mit so viel Schmerz verbunden war, Das Haus los zu lassen. Sie konnte nächtelang nicht schlafen, hatte häufig auch Magenschmerzen.

Aber als es verkauft war, ging es ihr viel besser. Sie konnte wieder durchatmen und fühlte sich viel freier. Sie hatte es los gelassen.

„Oh, das tut mir leid. Das wusste ich nicht."

„Ist schon gut. Durch meine Arbeit konnte ich die Trauer sehr gut ausdrücken und verarbeiten. Ich hatte damals mit dem Malen begonnen."

*Hatten deine Eltern dir bei deinen Problemen geholfen?*
Nur dadurch, dass sie liebevolle Worte hatten. Aber eine Lösung musste ich meistens selber finden. Das

hat mich sehr selbstständig gemacht. Ich hatte dadurch auch viel Selbstvertrauen gewonnen.

*Das war nicht immer so?*
Als Kind war ich sehr schüchtern. Ich mochte nicht mit fremden Kindern spielen. Ich wollte lieber in meiner Welt leben, mit meinen Abenteuern. Ich konnte mich dadurch ausdrücken.

*Hast du einen Partner, mit dem du zusammen lebst?*

## Bodo

Gleich nachdem er die Frage gestellt hatte, fühlte er sich nicht gut. ‚Habe ich mich zu weit vorgewagt?‘

Ihm fiel das Interview mit einem Manager ein, der ein Kunststudio leitete. Bei einer ähnlichen Frage wurde er böse beschimpft, dass es ihn nichts angehen würde, mit wem er zusammen leben würde. Sein Privatleben würde ihm nichts angehen und drucken dürfe er das sowieso nicht.

Bodo entschuldigte sich damals, wurde aber trotzdem mit den Worten hinauszitiert, dass er das nächste Mal die Fragen vorab schicken solle und er sie schriftlich beantworten würde.

Als Bodo damals in die Redaktion kam, bekam er eine Standpauke von seinem Chef.

Bodo wollte sich gerade bei Maya entschuldigen, als sie sagte:

Eine intime Frage. Aber ich lebe alleine. Bis jetzt hatte ich dem Richtigen noch nicht gefunden.

*War niemand von deinen Kunden dabei?*
Noch eine intime Frage. Klar, es waren schon Männer dabei, die mich interessiert hatten. Aber die meisten waren nicht an meiner Person interessiert, sondern an meiner Arbeit. Andere waren an mir interessiert und nicht an meiner Arbeit - aber ich nicht an sie.

### Mayas Erinnerung an Lucas

Maya dachte an Lucas, wie er sich ihr einmal näherte. Es schien, als ob er doch mehr von ihr wollte. Sie wich gleich zurück. Lucas merkte es, stand auf und lief im Ausstellungsraum herum. Sein Blick war nach unten und innen gerichtet und er sah traurig aus.

„Nichts", sagte Lucas.

Maya sah ihn verwundert an.

„Nichts wollte ich von dir. Gar nichts. Ich brauchte nur ein wenig Wärme. Mehr nicht. Aber das bekomme ich hier auch nicht. Nicht einmal das!" rief er.

Maya war sprachlos und sah, wie Lucas ging. Maya saß noch eine Weile auf dem Stuhl, bevor sie aufstand und die Tür zum Atelier schloss, die Lucas offen gelassen hatte.

Ihre Gefühle sprangen regelrecht hin und her, von Schuldgefühl über Mitleid und Wut. Nachdem sie ein paar Mal tief durchgeatmet hatte, beruhigte sie sich. Sie brauchte aber noch einige Zeit, um wieder sie selbst zu sein.

*Waren manche Männer auch direkter geworden?*
Oh, ja. Aber ich habe sie gleich hinaus geworfen.

### Mayas Erinnerung an den Herrn in Blau

‚Der Herr in Blau', dachte sie. Ein Mann, der eine blaue Weste über einem blauen Hemd trug, die absolut nicht zusammen passten, kam in ihr Atelier. Sie sah ihn an und dachte er wolle ein Bild kaufen.

„Ich verkaufe keine Bilder", sagte sie.

„Ich will auch keine Bilder kaufen. Ich möchte mich hier umsehen. Haben sie die Bilder alle selber gemacht?" fragte er.

Maya kam es etwas plump vor, denn in seiner Stimme schwang doch viel Desinteresse mit.

„Ich glaube, sie interessieren sich nicht für

die Bilder. Was möchten Sie?"

„Ganz einfach. Ich bin schon oft an ihrem Laden vorbei gegangen und habe sie beobachtet."

„Beobachtet?" fragte Maya entrüstet.

„Nein, nicht beobachtet, bewundert wollte ich sagen."

„Bewundert?" fragte Maya im gleichen Ton.

„Nein, auch nicht bewundert", fing er an zu stottern.

„Am Besten, sie kommen wieder, wenn sie wissen, was sie wollen", sagte Maya ganz bestimmt.

„Sie schmeißen mich raus?" fragte er verwundert.

„Ja."

Maya ging zur Ateliertür und wies ihn an, zu gehen. Mit verächtlichem Blick ging der Mann. Er kam auch nicht wieder.

„Merkwürdiger Mensch", sagte Maya.

*Wie kommst du auf den Namen arTra für dein Atelier?*
Das ist ganz einfach. Es ist ein Kunstwort aus dem englischen Wort für Kunst, dem Wort art und dem Wort Transformation. Ich hatte es zuerst zusammengezogen zu arTTra, aber das doppelte T gefiel mir nicht. Ich hatte es dann einfach weggelassen. Jetzt steht das T in der Mitte auch für Timeout, für eine Pause. In der Filmbranche wird das Timeout beim Schneiden eines Filmes Freeze Frame genannt, wenn eine Filmszene angehalten wird. Es soll ausdrücken, dass über die Kunst und dem Innehalten eine Transformation von Problemen, von versteckten Fähigkeiten und Potenzialen stattfinden kann.

*Ich dachte, dein Name wäre darin enthalten.*
Das dachten viele meiner Kunden. Den Gedanken hatte ich auch schon. Aber es war passender und stimmiger für mich, das Wort Transformation zu nehmen. Die inneren Blockaden werden transformiert.

*Hast du deine Methoden studiert oder eine entsprechende Ausbildung gemacht?*
Nein. Es fließt einfach aus mir heraus. Wenn ich meditiere, sind die Informationen und Bilder einfach da. Ich brauche sie nur noch durch meine Hände zu Papier bringen, sozusagen. Und genau dahin führe ich auch meine Kunden.

*Haben manche Kunden Wert auf eine qualifizierte Ausbildung gelegt?*
Ja, manche schon. Aber als ich ihnen dann die Bilder und Texte gezeigt hatte, waren sie überzeugt. Manche aber auch nicht, die dann auch gleich wieder gegangen waren.

### Mayas Erinnerung an den Mann im Anzug

Maya dachte an den Mann im Anzug. Er kam herein, ging direkt auf Maya zu, gab ihr die Hand und stellte sich vor. Maya konnte sich an den Namen nicht mehr erinnern.

Mit klarem Blick sah er Maya in die Augen.

„Welche Qualifikationen haben sie?"

Maya sah ihn fragend an.

„Ja! Ich möchte Wissen, wo sie welche Ausbildungen gemacht haben. Bevor ich mich ihnen anvertraue, will ich ihre Qualifikationen sehen. Sie haben doch bestimmt in der Universität studiert. Schließlich ist sie die Beste", jetzt wusste Maya nicht mehr, welche Universität er erwähnt hatte.

„Ich habe nicht studiert", antwortete Maya.

Mit einem verächtlichen Blick drehte er sich um und verließ das Atelier ohne ein Wort.

Maya sah ihn erstaunt nach bevor sie anfing loszulachen. Sie musste immer noch schmunzeln, wenn sie an die Situation dachte, obwohl es nun über zwei Jahre her war.

‚Vielleicht soll ich ein Buch über die kuriosen Situationen schreiben', dachte Maya, verwarf aber gleich wieder den Gedanken.

*Hast du dir nie überlegt, dir einen Künstlernamen zuzulegen?*
Doch, das hatte ich schon. Nur sehe ich mich nicht als Künstlerin. Ich sehe mich als Mensch, der sich ausdrücken möchte und anderen Menschen hilft, sich selber auszudrücken. Ich nutze dazu verschiedene Möglichkeiten. Ich möchte mich auch selbst darstellen und nicht eine Person, die ich gar nicht bin. Die Kunden kommen zu mir, weil sie sich ausdrücken möchten und nicht zu einem Künstler, der sie ausdrückt. Und das ist mir sehr wichtig.

*Das könnte man bei dieser Wortwahl falsch verstehen.*
Viele Künstler drücken sich selber aus, auch indem sie andere zum Beispiel porträtieren. Sie machen aus jedem Kunstwerk ihr ganz persönliches Stück. Nicht, dass wir uns jetzt falsch verstehen. Ich bewundere die Arbeiten der Künstler. Ich bin fasziniert von vielen dieser wunderbaren Menschen, aber es ist mein innerster Wunsch, dass sich meine Kunden selbst ausdrücken können.

*Wie hast du deine Räume aufgeteilt?*

Für meine Arbeit brauche ich ein Atelier für die Farben, ein kleines Studio für die Fotos und einen stimmungsvollen Raum für die Gespräche. Das kleine Büro lasse ich hier einmal weg. Der Ausstellungsraum bietet den Kunden die Möglichkeit zu entspannen und mich und meine Arbeit kennen zu lernen.

*Wäre es manchmal nicht besser, wenn alles in einem Raum wäre?*

Das hatte ich mir auch überlegt, bevor ich hier her gezogen war. Aber für mich stellen die unterschiedlichen Räume die Möglichkeit dar, verschiedene Bereiche des Menschen anzusprechen. Allein die unterschiedlichen Gestaltungsspielräume lassen die Kunden unterschiedliche Bereiche in sich selber öffnen.

*In dem Ausstellungsraum hängen Fotos, Gemälde und Gesprächsnotizen bzw. Texte deiner Kunden. Sind sie damit einverstanden?*

Oh, ja. Ich stelle nichts aus, was meine Kunden nicht möchten. Und wenn sie später einmal ausgestellt werden möchten oder später nicht mehr ausgestellt werden möchten, werde ich das respektieren. Das gehört zu meinem Selbstverständnis und zu dem Respekt gegenüber meinen Kunden.

*Sehr nobel!*

Das hat nichts mit nobel zu tun, sondern damit, wie ich mit den Menschen umgehe. Ich versuche, mit ihnen so umzugehen, wie ich gerne hätte, dass sie mit mir umgehen.

*Manche sind so offen, dass sie sogar ihre Namen an die Stücke schreiben.*
Das sind meistens Fantasienamen. Nur sehr wenige gehen so offen mit sich um, dass sie sich trauen, ihren eigenen Namen anzugeben. Es wird doch sehr viel Persönliches dargestellt.

*Werden alle ausgestellt, die es möchten?*
Nein, da wäge ich schon ab, ob es den Kunden hilft und ob es für die Besucher von Interesse sein könnte. Manchmal ist es schon ein Balanceakt.

*Ich hatte im Ausstellungsraum auch Akt Fotos gesehen.*
Ich mache auch Akt Fotos. Das hängt von den Themen ab, mit denen die Kunden zu mir kommen. Es ergibt sich im Laufe der Session. Oft ist es, je tiefer die Blockaden und je offener die Kunden, desto freier die Fotos.

*Erwarten manche auch mehr?*
Ja, das kommt auch vor. Einmal wollte ein Mann mit mir zusammen auf einem Akt Foto abgebildet werden. Aber da habe ich ihn an eine andere Adresse verwiesen. Aber fast alle kommen mit Problemen und gehen mit Freude und Bildern oder Fotos. Manchmal wird eine schöne Geschichte daraus. Eine davon kannst du im Ausstellungsraum sehen. Sie ist dort unter dem Namen Roswitha ausgestellt.

*Ist das ihr richtiger Name?*
Nein. Ich empfahl ihr, einen Fantasienamen zu nehmen. Es wird doch ein sehr intimer Bereich von ihr veröffentlicht.

### Mayas Erinnerung an Roswitha

Maya war in Gedanken bei Roswitha. Sie wollte eigentlich nur mal sehen, was Maya so machen würde, hatte sie gesagt. Nur mal schauen. Sie sah sich lange im Ausstellungsraum um. Besonders lange stand sie an einem Bild von einem Mann. Er war von hinten zu sehen. Sie betrachtete es von der Nähe und von der Ferne. Ab und zu schaute sie zu Maya hinüber.

Maya dachte, sie würde eine Frage haben und ging zu ihr. Maya sprach sie an, sie wollte aber nicht gestört werden. Maya bemerkte, dass die Frau nervös wurde.

„Ich habe doch eine Frage", sagte Roswitha.

„Gerne", antwortete Maya.

„Wer ist das? Er gefällt mir sehr gut und ich würde ihn gerne kennen lernen."

„Das tut mir leid, aber ich gebe keinen Namen und keine Adresse heraus. Diskretion gehört zu meinem Geschäft."

„Auch nicht, wenn ich ihnen dafür Geld geben würde?"

„Auch dann nicht."

Roswitha sah erleichtert aus. Maya hatte das Gefühl, dass die Frau nur sicher gehen wollte. „Gut, das wollte ich nur wissen. Dann kann ich mich ihnen auch anvertrauen. Ich wollte nur sicher gehen, ob ich in sicheren Händen bin.

Ich habe schon viel von ihnen gehört. Ganz besonders meine Freundin hatte berichtet, dass es ihr nach einem Besuch bei ihnen sehr viel besser ging. Ich möchte auch, dass es mir besser geht."

„Was kann ich für sie tun?" fragte Maya.

„Ich bin nun schon Mitte fünfzig, habe das Klimakterium hinter mir und ich fühle mich einfach alt. Einfach alt", sagte sie traurig.

„Aber mit Mitte fünfzig ist man noch nicht alt."

„Das sagen sie alle. Aber mein Ex-Mann hatte gesagt, dass ich ihm zu alt geworden wäre. Er wolle lieber etwas Junges."

„Ja, das habe ich schon ein paar Mal gehört, dass so etwas vorkommt."

„Ich will wieder jung werden", schoss es aus ihr heraus.

„Einen Jungbrunnen, mit dem man die Zeit zurück dreht, habe ich nicht. Aber ich kann ihnen helfen, dass sie sich wieder in ihrer Haut wohl fühlen."

„Wie wollen sie das machen."

„Kommen sie mit ins Gesprächszimmer. Da werde ich ihnen alles erläutern."

Sie gingen in das Gesprächszimmer. Maya erzählte ihr, dass sie mit ihrer Methode die inneren Fähigkeiten und Potenziale fördern könne. Dazu gehöre auch das Bewusstsein zur inneren Schönheit, die in jedem Menschen liegen würde. Sie würde mit ihr eine arTra-Session durchführen. Maya erklärte ihr genau, wie sie abläuft und dass sie für jeden Menschen unterschiedlich sein könne.

Roswitha ließ sich darauf ein. Sie machten einen Termin für die erste Session ab, denn Maya hatte gleich noch einen Termin.

Maya sagte Roswitha nicht, dass der Termin mit dem Mann war, den sie auf dem Bild bewundert hatte.

„Und den Namen von dem Mann wollen sie mir wirklich nicht geben?" versuchte es Roswitha noch einmal.

„Nein, ganz bestimmt nicht."

Als Roswitha das Atelier verließ, kam gerade

ein Mann hinein, der etwa Mitte bis Ende drei-
ßig Jahre alt sein mochte. Er hielt ihr die Tür
auf. Ihre Blicke trafen sich und einen Moment
schien die Zeit still zu stehen. Roswitha lächelte und ging weiter. Der Mann ging in das
Atelier und begrüßte Maya ganz freundlich. Er
drehte sich noch einmal zur Tür um und sah
Roswitha, wie sie sich auch umgedreht hatte
und ihre Blicke trafen sich noch einmal.

‚Ob die beiden sich wohl kennen gelernt hatten?' fragte sich Maya, als sie an die Szene
zurück dachte.

*Sind viele deiner Kunden mit der Ausstellung einverstanden?*
Ja. Interessanter Weise sehr viele. Obwohl manche
von ihren Bekannten erkannt werden, wollen sie ausgestellt werden. Zu Beginn meiner Arbeit, habe ich
sie gefragt, ob sie ausgestellt werden möchten. Es
fing ganz langsam an. Viele trauten sich aber nicht.
Aber im Laufe der Zeit fragten mich immer mehr
Menschen, ob ihre Stücke ausgestellt werden könnten.

*Exhibitionisten?*
Teilweise auch solche Menschen. Aber für viele stellt
es die Möglichkeit dar, ihr inneres Wesen nach außen
zu tragen. Viele wissen nicht, wie sie sich ausdrücken
sollen. So nehmen sie das Angebot an.

*Kostet es etwas, ausgestellt zu werden?*

Ja, ich berechne es nach dem Umfang der Arbeiten. Die meisten Bilder und Texte bereite ich noch so auf, dass sie in die Ausstellung passen. Ich suche die passenden Rahmen und Hintergrundfarben aus.

*Würdest du mich auch ausstellen?*
Ich würde dich auch ausstellen. Es ist aber immer abhängig vom Thema, von dir und was du damit ausdrücken möchtest. Ich würde dich nicht ausstellen, um ausgestellt zu werden. Es geht bei mir um innere Prozesse.

*Was sind innere Prozesse?*

## Maya

'Weiß er das wirklich nicht oder will er mich auf die Probe stellen. Ich dachte immer, dass er es weiß', dachte Maya. Aber vielleicht hatte sie sich in ihm getäuscht.

Sie hatten viele Male über innere Prozesse gesprochen und er hatte es zum Teil sogar Maya erklärt. Aber nun stellte er diese Frage.

‚Das gehört bestimmt zum Interview', beruhigte sich Maya.

*Ich weiß, dass wir oft darüber gesprochen hatten. Aber für unsere Leser möchte ich gerne eine kurze und präzise Antwort von dir. Was sind innere Prozesse?*

## Maya

'Da hatte ich mich doch getäuscht. Es ging um seine Leser', dachte Maya nun.

Sie fand, dass es doch eine sehr gute Frage war und die Leser nun auch ihre Antwort lesen würden.

‚Hatte er meine Zweifel gehört, obwohl ich sie nur gedacht hatte?'

Innere Prozesse sind oft Gedankenmuster oder die Gefühle erlebter Situationen, die abgespeichert werden. Jedes Mal, wenn eine Situation auf einen zukommt oder ein Satz oder Wort gesagt wird, das mit diesen Gedankenmuster und Gefühlen in Zusammenhang gebracht wird, werden diese Prozesse aktiv. Der Mensch handelt dann nur noch nach diesen Mustern und nicht mehr nach dem logischen Menschenverstand oder nach dem Herzen. Oft fragen sich diese Menschen dann, warum sie das gemacht hatten. Sie hätten es gar nicht so gewollt.

*Was passiert mit diesen Prozessen oder Mustern?*
Das ist individuell unterschiedlich. Manche behalten sie. Ihnen ist dann klar, warum sie in Situationen so

oder so reagieren. Andere beenden ihre inneren Prozesse.

*Dann geht es ihnen besser?*
Ja. Sie freuen sich, wieder freier zu sein. Wieder ihren Weg weiter gehen zu können, wieder die freie Wahl der Entscheidungen haben.
*Ist das nicht Heilkunst für die eine Erlaubnis notwendig ist?*
Nein. Ich mache Kunst mit Menschen. Und um mit ihnen Kunst zu machen, muss ich sie verstehen. Ich kann sie nur verstehen, wenn sie ihr Innerstes offen legen. Oft wird dann ein Ausdruck der Blockaden gemacht, der sich als Foto, Bild, Zeichnung oder Text äußert. Danach wird das Neue ausgedrückt als Symbol für das neue Leben. Die meisten Kunden nutzen mehrere Techniken, wie zum Beispiel Bild und Text.

*Gab es auch Kunden, die alle Techniken, die du anbietest nutzen?*
Ja, einige waren sehr einfallsreich und haben viel zu Papier gebracht, viele Bilder in verschiedenen Techniken gemalt und haben Fotos von sich machen lassen. Einer hatte zu Hause auch eine wunderbare Collage erstellt. Ich hatte sie für drei Monate auch hier hängen.


*Wo ist sie nun?*
Er hatte sie wieder mit nach Hause genommen. Ob sie noch existiert, weiß ich nicht.

*An wen kannst du dich spontan erinnern?*

An zwei Frauen, die in mein Atelier kamen. Sie wollten nur meine Bilder und meine Arbeit sehen. Es wurde aber eine sehr interessante Begegnung daraus und später eine Freundschaft.

### *Mayas Erinnerung an Conny und Jamila*

Maya schwelgte wieder in Gedanken. Sie erinnerte sich an die zwei Frauen, die in ihr Atelier kamen. Maya begrüßte sie sehr herzlich. Die Frauen waren schon oft bei ihr. Sie hatten aber immer nur die Bilder und Texte auf sich wirken lassen.

Auch dieses Mal wollten sie nur die Bilder und Texte ansehen, denn die Ausstellung änderte sich sehr oft.

„Mal sehen, was es Neues gibt", sagte Conny.

„Ich bin schon gespannt", erwiderte Jamila.

„Wenn sie Fragen haben, ich bin im Studio. Sie können gerne anklopfen", sagte Maya.

Die Frauen sahen sich um.

Sie gingen zu einem Bild. Es war das Ölbild eines Mannes, der halbnackt von hinten zu sehen war. Sehr harmonische Farben.

„Eine künstlerische Freiheit", sagte Jamila.

Conny wurde nervös. Sie fing an, von einem Bein auf den anderen zu treten. Sie wurde immer unruhiger und immer blasser.

„Was ist los?" fragte Jamila.

„Ich weiß nicht. Das Bild macht mich nervös", stotterte Conny.

„Es ist doch ein schönes Bild. Mir gefällt es sehr gut."

„Es ist etwas in mir. Die Stellung, die dieser Mann einnimmt? Die Farben? Die Ausstrahlung? Ich weiß nicht."

Maya kam in den Ausstellungsraum. Sie sah Conny und ging auf sie zu.

„Was ist mit ihnen?" fragte Maya.

„Ich weiß nicht", sagte Conny. „Es fing an, als ich mir dieses Bild ansah. Ich weiß nicht, ob es die Farben sind oder die Position des Mannes oder dass er halbnackt ist. Kann ich mich setzen?"

Maya bat sie in das Gesprächszimmer.

„Bitte setzen sie sich."

Conny setzte sich und bemerkte die Buntstifte und die Zettel, die vor ihr lagen. Sie nahm die unterschiedlichen Papiere in die Hand um sie zu fühlen. Als sie ein passendes Papier gefunden hatte, nahm sie Buntstifte, lege sie aber gleich wieder zurück, als sie sah, dass dort auch Pastellkreiden lagen.

Maya beobachtete Conny genau. Jamila war auch dazu gekommen und setzte sich auf einen Stuhl, der an der Wand stand.
Conny begann zu malen.

Die Atmosphäre im Gesprächszimmer animierte die Menschen, zu malen oder zu schreiben. Wenn sie nicht weiter wussten, half Maya ihnen. Doch Conny malte und malte. Sie nahm ein anderes Papier und einen Füllhalter. Sie fing an zu schreiben.

Sie sagten nichts, sie beobachteten nur. Conny schien wie in Trance zu sein. Es dauerte fast zwei Stunden, bis sie aufstand.

„Ich hätte gerne ein Foto von mir.“

Maya nahm Conny mit ins Studio. Conny zog sich aus und wollte von hinten fotografiert werden, so ähnlich, wie der Mann auf dem Bild. Maya machte die gewünschten Fotos. Sie machte nur digitale Fotos, die sie gleich ansehen und ausdrucken konnte. Auch für Bearbeitungen hatte sie genügend Software bereit.

Sie nahm die Fotos, die Maya ausgedruckt hatte und sie gingen zurück in das Gesprächszimmer.

Conny nahm ihre selbst gemalten Bilder, die Fotos und den Text. Sie sah sich alles an, legte sie nebeneinander, veränderte die Positionen so lange, bis sie einen zufriedenen Gesichtsausdruck hatte. Maya erkannte genau, dass Conny jetzt mit dieser Session fertig war.

„Das war gut. Das war auch schon lange nötig. Es tut so gut", sagte Conny und fing an zu weinen. Sie weinte lange. Maya und Jamila kümmerten sich um sie.

„Danke schön", sagte Conny.

„Als ich das erste Mal hier her gekommen war", fing Conny an, „habe ich gespürt, dass ich noch öfter her kommen würde. Mit jedem Mal, wurde es intensiver. Ich wollte immer öfter her kommen. Ein Ort der Inspiration."

Conny atmete tief durch.

Sie umarmten sich und vereinbarten, sich zu duzen.

Conny und Jamila verabschiedeten sich von Maya. In den folgenden Wochen kamen sie oft vorbei, sahen sich die Ausstellung an und unterhielten sich mit Maya. Es entwickelte sich eine Freundschaft, die immer intensiver wurde.

*Welche Begegnung hatte dich am meisten berührt?*

Es war ein Mann. Er kam, weil er nicht genau wusste, warum er gekommen war. Er kam um die Arbeiten zu sehen, aber auch um sich zu finden.

*Kommen solche Menschen nicht oft vorbei?*
Doch schon, aber bei ihm war es etwas anderes. Im Nachhinein denke ich, dass er geschickt wurde, damit ich an meine Blockaden heran komme.

*Wie meinst du das?*
Nach unserem letzten Treffen war mir klar, dass es bei den Treffen nur um mich ging. Ich war in Bereiche in mir vorgestoßen, die ich niemals für möglich gehalten hätte.

*Kommst du in deinen Sessions immer an diese Bereiche heran, bei deinen Kunden und bei dir?*
Nein, es hatte sich im Verlauf so ergeben. Ich …

### Mayas Erinnerung an Lucas

Maya dachte an Lucas. Sie sah, wie er in das Atelier kam. Sie hatte Mitgefühl mit ihm, so wie er herein kam. Er sah aus, wie ein Häufchen Elend.

„Hallo, Herzlich Willkommen. Möchten Sie einen Kaffee", bot sie ihm an. Sie wollte ihm etwas Gutes tun.

„Ja, gerne", sagte Lucas mit leicht bedrückter Stimme.

Sie holte den Kaffee und bot ihm einen Platz im Gesprächszimmer an. Lucas setzte sich und Maya fing mit der Unterhaltung an.

„Was treibt dich hier her?" fragte sie. „Ups, ich habe sie jetzt einfach geduzt", entschuldigte sie sich gleich darauf.

„Das ist schon OK", sagte Lucas, der ein wenig auftaute. „Ich bin sowieso lieber für das Du."

Beide nahmen einen Schluck und blickten sich in die Augen. Maya spürte, dass etwas ganz tiefes in im war, das heraus wollte.

„Ich spüre, dass etwas ganz tief in dir ist und das möchte jetzt heraus", fiel sie mit der Tür ins Haus.

Lucas schwieg, sah Maya mit großen Augen an und fing an zu weinen.

„Das tut mir jetzt Leid, wenn ich so direkt gewesen war", entschuldigte sich Maya.

Nach einer Weile sagte Lucas: „Nee, das ist OK. Ist schon gut. Ich finde es gut, dass du so herrlich direkt bist. Dann fällt es mir leichter." Lucas wischte sich die Tränen ab und putzte sich die Nase.

„Was fällt dir leichter?"

„Zu erzählen und zu zeigen, worum es bei mir

geht."

Maya atmete tief durch. Sie war doch nicht zu weit gegangen.
Nach einer Weile sagte Lucas: „In mir ist etwas, was unbedingt heraus will. Ich weiß nicht, was es ist. Ich weiß nicht, warum ich hier bin. Ich weiß nur, dass mich etwas hier her gezogen hat. Ich brauche deine Hilfe."

Beide sahen sich an. Gedanken gingen durch Mayas Kopf. Ihr ging es vor vielen Jahren genau so. Es war auch etwas in ihr, das heraus wollte. Tief in ihr drin fühlte sie noch einmal, wie sie es damals erlebt hatte. Ihr stiegen Tränen in die Augen.

Lucas sah sie an und sah, wie Maya mit den Tränen kämpfte. Er nahm einen Schluck Kaffee und spürte, dass sie sich sehr stark mit ihm verbunden fühlte. Das hatte er bisher noch nicht erlebt. Er war etwas irritiert.

Eine Zeit lag saßen sie sich gegenüber und schwiegen.

Das Telefon klingelte, aber Maya schien es nicht zu hören. Auch als jemand das Atelier betrat, blieb sie sitzen.

„Solltest du nicht in den Ausstellungsraum gehen?" fragte Lucas.

„Ja, ja", stammelte Maya und stand auf. Sie sah ihn an und ging unsicher in den Ausstellungsraum.

Sie sah, wie der gerade gekommene Mann schon wieder zur Tür hinausging. Sie dachte sich, dass es gut sei, dass er gegangen war. Sie ging zurück ins Gesprächszimmer.

Lucas war aufgestanden und sah sich die Bilder an, die dort hingen. An manchen Bildern waren Texte, an anderen Fotos. Manchmal hing alles zusammen. Aber, anders als im Ausstellungsraum schienen es Bilder und Texte von Maya zu sein.

„Sind es Bilder von dir?" fragte Lucas.

„Ja", antwortete Maya, und ergänzte: „Es gab auch eine Phase in mir, in der ich das gleiche Gefühl in mir hatte, das du jetzt in dir hast."

Lucas sah sie fragend an.

„Ich hatte damals viel probiert und war bei vielen Therapeuten. Aber das, was mir geholfen hatte, war die Malerei. Ich hatte viel gemalt. Studiert hatte ich es nicht, aber es hatte immer mehr Spaß gemacht. Danach fing ich an, das aufzuschreiben, was ich fühlte…"

Sie unterbrach sich selber. Lucas sah sie verwundert an.

„Ich habe eine Idee", sagte Maya. „Schreibe dir selber einen Brief. Oder schreibe der Person einen Brief, die dich im Moment beschäftigt.“

Nachdem Lucas eine Weile in Mayas Augen geschaut hat, fragte er: „Oder ich schreibe dir einen Brief?“

„Das geht auch. Wenn es dir dadurch leichter fällt, an deine inneren Gefühle zu kommen, ist es eine gute Idee.“

„Was machst du dann mit meinem Brief?“

„Ich werde ihn durchlesen und …“

„Und dann?“ fragte Lucas noch weiter aufgetaut mit einer sanften Stimme.

„Und dann“, stammelte Maya, „und dann werden wir weiter sehen, was du als nächstes tun kannst.“

„Ach so, was ich tun kann.“

Maya wunderte sich über diesen Satz. Meinte er damit, was sie selber tun solle?

Lucas lächelte, drehte sich um und ging zur Tür. Er drehte sich noch einmal um, lächelte noch einmal und verließ das Atelier.

Maya stand mit offenem Mund da.

Sie erinnerte sich noch daran, dass sie für den Rest des Tages ihr Atelier geschlossen hatte. Sie war innerlich zu sehr aufgewühlt um weiter arbeiten zu können.

Bodo sah, wie Maya mit den Tränen kämpfte.

„Maya?"

„Oh, ich war wohl ein wenig in Gedanken."

Maya drehte sich um und wischte sich die Tränen ab.

„Geht es dir gut?"

„Ich hatte mich durch ihn so geöffnet, dass ich einen tiefen Einblick in mein Wesen bekommen hatte."

„Er hatte dich sehr bewegt."

„Ja."

„Eine sehr kurze Antwort."

„Mehr möchte ich dazu auch nicht sagen. Hast du das auch aufgenommen?"
„Ja, aber das schreibe ich nicht auf. Können wir weiter machen?"

„Ja. Es geht schon."

*Dürfen deine Gäste auch Fotos schießen?*
Netter Themenwechsel. Nein. Das würde die Privatsphäre der ausgestellten Kunden verletzen. Es können aber Postkarten gekauft werden, auf denen die Bilder zu sehen sind und manchmal auch die Texte. Sie werden speziell dafür in Auftrag gegeben. Ein Kunde hatte mich auf diese Idee gebracht.

*Was geschieht mit dem Erlös der Postkarten?*
Der Erlös wird aufgeteilt.

*Werden die Postkarten weiter verkauft, auch wenn die Bilder nicht mehr in der Ausstellung zu sehen sind?*
Manche verkaufen sie weiter, andere lassen sie vernichten. Das ist eine ganz persönliche Sache.

*Wenn du ein Bild von mir machen würdest, würdest du sie auch als Postkarte verkaufen?*
Wenn du das möchtest, verkaufe ich gerne Postkarten mit dir als Motiv.

*Gab es schon mal Gäste, die ungefragt Fotos gemacht hatten?*
Ja, aber zum Glück nur ein Mal.

*Was geschah dann?*
Ich hatte sie zur Rede gestellt und auf das Hinweisschild gezeigt, dass Fotos aufgrund der Privatsphäre nicht gemacht werden dürfen. Sie hatte glücklicherweise eine Digitalkamera und hatte sie auch gleich gelöscht.

*Was steht auf dem Schild?*
Es hängt dort drüben. Wenn du willst, kannst du es dir ansehen.

*Das mache ich später. Wie stehst du zu anderen Künstlern?*
Ich kenne einige Künstler. Es sind wunderbare Menschen, die sich mit ihren Werken selber ausdrücken. Jeder hat seinen eigenen Stil, den ich bewundere. Solche Arbeiten möchte ich auch manchmal hinkriegen. Aber meine Werke sehen anders aus.

*Gibt es auch Konkurrenz unter den Künstlern?*
Eigentlich nicht. Aber ich kenne einen Künstler, der die anderen als Konkurrenten ansieht. Dabei hat jeder seinen eigenen Stil und zieht damit auch bestimmte Menschen an, die die anderen Künstler nicht anziehen. Aus diesem Blickwinkel betrachtet gibt es keine Konkurrenz.

*Wie sieht es bei dir mit Musik aus?*
Ich habe mal probiert, Musik zu machen. Ich hatte mir eine Gitarre gekauft und geübt. Es klang nach einiger Zeit auch schon ansehnlich. Aber ich hatte dann die Lust verloren. Vielleicht komme ich später auf die Musik zurück.

*Würdest du damit nicht auch mehr Menschen ansprechen?*

### Mayas Erinnerung an Lucas

Wieder dachte sie an Lucas. Als er das zweite

Mal kam, sah er schon besser aus. Er schien sich Gedanken gemacht zu haben und jetzt genau zu wissen, was er wollte. Es schien aber nur so.

„Maya, ich möchte das jetzt abbrechen. Ich wollte erst anrufen, aber dann dachte ich mir, dass ich dir das lieber persönlich sagen möchte", sagte Lucas ganz selbstbewusst.
„Geht es dir nach der ersten Session schon viel besser?"

„Nein, schlechter. Aber als ich den Entschluss fasste, aufzuhören, ging es mir gleich viel besser."

„Viel besser als vor der ersten Session?" wollte Maya wissen.

„Nein, genau so, wie vor der ersten Session. Wenn ich gewusst hätte, dass es mir danach schlechter geht, wäre ich gar nicht erst gekommen."

„Ich wollte dir noch sagen, dass es nach einer Session eine Erstreaktion geben kann. Aber du warst so schnell verschwunden."

„Ich dachte, es wäre besser, zu gehen, also ging ich."

„Läufst du davon?" provozierte Maya.

Wie sie erwartet hatte, drückte sie bei ihm den roten Knopf.

„Was fällt dir ein! Ich laufe nicht davon! Ich bin noch niemals davon gelaufen und schon gar nicht vor dir!" schimpfte Lucas.

„Das meinte ich gar nicht", beschwichtigte Maya mit ruhiger Stimme. „Ich meinte damit, ob du vor dir davon läufst."

Eine lange Zeit stand Lucas vor Maya. Er stand nur da und schaute Maya überrascht an.

Nach einer Weile gingen Gedanken durch seinen Kopf: ‚Was hatte Maya gesagt? Ich würde vor mir selbst weglaufen? Was meinte sie damit? Oder hat sie vielleicht recht?'

Maya sah in seinen Augen die unterschiedlichen Gefühle sich abwechseln. Seine Augen waren für Maya wie ein offenes Buch.

„Vielleicht", sagte Lucas kurz.

„Lass uns anfangen", schlug Maya vor.

Lucas stimmte zu und die zweite Session begann.


*Maya? Würdest du damit nicht auch mehr Menschen ansprechen?*
Ja, ja.

Maya konzentrierte sich einen Moment auf die Frage.

Das würde eine andere Qualität bringen. Es kann nicht jeder ein Instrument spielen. Bei den Bildern und Texten ist es etwas anderes. Irgendwie kann jeder malen und schreiben. Das wird auch in den Schulen gelehrt.

„Sollen wir eine Pause machen? Ich glaube, du könntest eine gebrauchen."

„Nein, das geht schon. Wie ist deine nächste Frage?"

Maya lächelte etwas künstlich. Lucas ging ihr sehr nahe.

*Kannst du uns einen kleinen Einblick in deine Arbeit geben?*
Gerne. Am Besten geht das an einem Beispiel.

*Fällt dir ein Beispiel ein?*
Ja, wie wäre es, wenn wir dich als Beispiel nehmen?

*Oh!*
Das überrascht dich jetzt?

*Ja. Aber warum nicht. So kann ich aus erster Hand berichten.*
Und als weiteren Vorteil brauche ich nicht meine mir auferlegte Schweigepflicht verletzen.

*Schweigepflicht?*
Ja. Meine Kunden vertrauen mir. Und wenn ich ihr Vertrauen missbrauche, kommt keiner mehr zu mir. Gut, wollen wir beginnen?

*Ja, gerne.*

Bodo schaltete das Aufnahmegerät aus und stand gleichzeitig mit Maya auf.
Sie gingen in das Gesprächszimmer. Maya bot Bodo einen Platz an. Er sah sich um und bemerkte die vielen Utensilien.

„Wozu die vielen Utensilien?" fragte Bodo.

„Sie helfen. Aber lass uns mal anfangen. Es ist immer gut, mit einem Thema zu kommen. Dabei geht es um …"

„Darf ich das Gespräch aufnehmen?" unterbrach Bodo.

„Gerne. Es geht jetzt um dich."

„Da bin ich mal gespannt."

Bodo schaltete das Aufnahmegerät ein und blickte Maya an.

„Worum geht es, warum möchtest du eine Balance?" fragte Maya.

„Hm. Da fällt mir im Moment noch nichts ein. Mir geht es eigentlich gut. Aber eine Kleinigkeit fällt mir ein: Ich bin ein Morgenmuffel."

„Das ist doch ein gutes Thema. Seit wann bist du Morgenmuffel?"

„Schon so lange. Seit ich mich erinnern kann."
„Male ein kleines Bild, ganz spontan und nutze die Farben, die Materialien die dir zusagen und denke nicht dabei. Wenn du möchtest, kannst du auch schreiben."

Bodo sah sich die Papiere und die Farben an. Spontan nahm er die Fingerfarben und malte auf marmoriertem Papier.

Nach einiger Zeit war das Bild fertig.

„So, das ist fertig. Und was nun?" fragte Bodo.

„Ganz einfach. Wo treibt es dich hin. In welchen Bereich möchtest du gehen?"

„Mich interessiert, wie ich mit dem Bild in der Hand aussehe."

„Lass uns ein Foto machen", schlug Maya vor.

„Geht es auch, dass du mich malst?"

„Das geht auch, aber dann kannst du nicht sehen, wie du mit dem Bild in der Hand aussiehst, sondern, wie ich dich sehe, durch meine Augen."

„Das wäre doch auch interessant", warf Bodo ein.

„Bodo!"

„Gut, lass uns ein Foto machen."

Sie gingen in das Studio. Dort sah Bodo viele Accessoires.

„Du kannst dir aussuchen, was du möchtest."

„Ich bleibe, wie ich bin."

Gehe dort hin, so wie du möchtest. Ich werde ein paar Fotos machen.

Nachdem die Fotos fertig waren, druckte Maya sie aus. Sie gingen zurück in das Gesprächszimmer.

„Hier sind die Bilder und dein gemaltes Bild. Schau sie dir an."

Bodo sah sie sich an. Durch das spezielle Fotoverfahren waren die Bilder ganz besonders geworden. Es ist dort viel mehr zu sehen, als die Augen sehen können. Es waren andere Farben auf den Bildern zu sehen, die der Kirlianfotografie sehr ähnlich waren.

Bodo wurde nachdenklich. Er sah etwas, was ihn innerlich sehr aufwühlte. Er konnte sich von einem Bild nicht lösen, das ihn aus der Froschperspektive zeigte.

Spontan nahm er einen Zettel und einen Stift und schrieb. Er schrieb vier Seiten. Dann legte er den Stift zur Seite und sah Maya an.

Nach einer ganzen Weile sagte Bodo: „Das ist faszinierend. Was ich auf den Bildern gesehen hatte, ist unglaublich. Ich bin fasziniert. Es ist, als ob mein innerstes Seelenleben fotografiert wird."

„Es ist schon etwas besonderes, solche Fotos zu machen. Ich wähle das Fotoverfahren nach den Themen und den Menschen aus, die hier sitzen. Manchmal, wie du in dem Ausstellungsraum sehen kannst, reichen normale Fotos. In deinem Fall aber das spezielle Verfahren."

„Kannst du das Verfahren erklären?"
„Nein, ich weiß nicht, wie es funktioniert. Aber es erlaubt Einblicke in tiefe innere Bereiche. Aber so ähnlich funktioniert auch die Kirlianfotografie."

„Das kenne ich. Es ist interessant, wie die Aura eines Menschen aussieht. Als damals von mir Aurafotos gemacht wurden, war es sehr interessant zu sehen, wie sie sich änderten, als ich etwas anderes dachte.

Sie waren sehr unterschiedlich bei positiven und negativen Gedanken.

Ich bin gespannt, wie es mir in den nächsten Tagen geht, ob ich dann noch ein Morgenmuffel bin. Ist die Session damit beendet?"
„Das entscheidest du. Aber ich denke auch, dass diese Session beendet ist."

„Ich nehme die Bilder und den Text mit. Mal sehen, was ich damit mache."

Maya lächelte Bodo an. Irgendwie war er ihr sehr sympathisch. Sie kannten sich jetzt über zwölf Jahre und waren gute Freunde. Aber irgendetwas mehr ist schon zwischen ihnen.

Bodo merkte, dass Maya ihn anders ansah, als sie es bisher machte. Sollte sich zwischen ihnen etwas anbahnen, obwohl Bodo glücklich verheiratet war und zwei süße Kinder hatte?

„Wollen wir mit dem Interview weiter machen?" lenkte Bodo ein.

„Ja - ja", sagte Maya etwas zögerlich. „Aber wollen wir vorher einen schönen Kaffee trinken. Mir ist jetzt danach."

„Gerne."

Bodo schaltete das Aufnahmegerät wieder aus.

Maya ging in die Küche und bereitete frischen Kaffee zu. Bodo war mit in die Küche gekommen und sah Maya zu. Der Kaffee duftete herrlich. Gemütlich saßen sie zusammen und waren in Gedanken versunken.

Maya hörte jemanden in das Atelier kommen.

„Ich gehe mal eben hin."

Bodo nickte und lächelte Maya an.

Maya ging in den Ausstellungsraum und sah dort zwei Frauen sich die Bilder ansehen. Sie sahen Maya und sie begrüßten sich.

„Kann ich ihnen helfen?" fragte Maya sehr freundlich mit sanfter Stimme, so wie sie jeden neuen Besucher begrüßte.

„Wir wollen uns erst ein wenig umsehen und kommen dann auf sie zu", sagte die ältere der beiden Frauen.

„Ich bin nebenan. Sie können dann dort hineinkommen."

„Danke."

Die beiden Frauen sahen sich die Bilder und die Texte an. Auch an dem Bild, an dem Conny mit ihrem Innersten in Berührung kam, blieben sie lange Zeit stehen. Sie lasen den Text durch, der neben dem Bild aufgehängt war. Dieses Bild schien auch sie tief zu berühren.

„Warum stehen sie bei diesem Bild so lange?" fragte Bodo als er sah, dass sie so lange dort standen. Er hatte einen Platz in der Küche, von dem aus man einen kleinen Einblick in den Ausstellungsraum hatte.

„Dieses Bild ist etwas Besonderes. Es ist von einem Kunden, der mich sehr tief im Innern berührt hatte. Er war damit einverstanden, die Bilder und den Text von ihm aufzuhängen. Anfangs wollte er es nicht, aber ich hatte das Gefühl, dass es vielen Menschen helfen würde."

„Ist es Zufall, dass das Bild gerade dort hängt? Ich kann den Platz von hier gut überblicken."

„Genau deshalb hängt es dort. Ich sitze meistens auf deinem Platz und kann die Menschen beobachten. Es hilft mir, wenn sie zu mir kommen und eine Balance möchten."

Bodo sah die beiden Frauen, wie sie das Bild ansahen und sich unterhielten. Ab und zu lachten sie um danach wieder ernst zu sein.

„Wer ist auf dem Bild abgebildet?" fragte Bodo etwas frech.

„Das sage ich dir nicht", stellte Maya klar.
Die beiden Frauen kamen doch nicht auf Maya zu und gingen. Sie nahmen aber noch einen Prospekt mit.

## Bodo

‚Ups, du musst besser aufpassen. Du willst es dir nicht mit Maya verscherzen! Pass also auf, was du sagst', schollt er sich in Gedanken.

Er hatte ein schlechtes Gefühl. Das, was er sagte, verursachte in ihm ein schlechtes Gewissen.

Die Gedanken waren wieder da. Die Gedanken, an die vielen viel versprechenden Interviews, die dadurch platzten. Er wurde dadurch unsicher und die Gesprächspartner merkten es und brachen das Interview ab. Er sei zu unkonzentriert, würde nicht zuhören. Er sei doch Profi und dem dürfe so etwas nicht passieren. Solchen Personen würden sie keine Interviews geben und der Artikel dürfe sowieso nicht abgedruckt werden. Sein Chef hatte ihn schon zwei Mal verwarnt. Er hatte vier wichtige Interviews versiebt. Die Konkurrenz hatte sie bekommen und sehr erfolgreich abgedruckt. Ihre Auflage wäre dadurch gestiegen. Er müsse nun aufpassen, sagte sein

Chef. Das nächste Mal müsse er sich nach einer anderen Arbeit umsehen.

Es machte ihn sehr unsicher. Vielleicht hätte er dieses Thema in der Balance angehen sollen. Aber es fiel ihm in dem Moment nicht ein. Solle er Maya fragen, ob sie noch eine Balance mit ihm machen wolle? Aber das passe nicht in das Interview. ‚Vielleicht kann ich mir einen Termin bei ihr geben lassen', dachte er sich.

In Gedanken malte sich Bodo die Sessions aus …

„Bodo?!" weckte Maya ihn auf.

„Oh, jetzt war ich in Gedanken."

„Das kenne ich. Manchmal bin ich in Gedanken, wenn Kunden bei mir sind. Aber das druckst du doch nicht?" vergewisserte sich Maya.
„Nein. Ich kann sehr gut das Problem nachvollziehen."

„Das erleichtert mich sehr."

„Ich möchte mir das Bild einmal ansehen."

„Gut, gehen wir hin."

Sie gingen in den Ausstellungsraum. Bodo sah sich verschiedene Bilder an.

Bei dem Bild von dem Mann blieb er stehen. Er betrachtete es lange, nahm ein Fotoapparat aus seiner Tasche…

„Nein, Fotos dürfen hier nicht gemacht werden", sagte Maya.

„Ich wollte auch kein Foto machen. Ich hatte nur mein Taschentuch unter der Kamera in der Hosentasche."

Maya lächelte und bewunderte die sehr kleine Kamera.

„Macht sie gute Bilder?"

„Oh, ja. Seit der Digitaltechnik können selbst solche kleinen Kameras beste Bilder machen. Nur stehen sie ihnen um nichts in den hohen Preisen nach."
„Und wie viel kostet diese? Ich brauche für meine Reisen noch eine kleine Kamera."

„Diese kostete stolze fünfzehntausend Euro."

Maya schluckte: „Das ist dann doch nichts für mich."

„Dieses Bild ist schon etwas Besonderes", sagte Bodo.

Bodo sah es sich an. Eine sehr lange Zeit. Er hatte das Gefühl, dass er tief im Inneren berührt wurde. Er spürte, wie sich das Gefühl langsam von seinem Magen über den Darm in seine Beine, die langsam nachzugeben schienen. Er suchte nach einem Stuhl, doch Maya hatte schon einen geholt. Er setzte sich.

Von unten sah des Bild anders aus. Es war eine ganz andere Perspektive. Das Gefühl, das sich in seine Beine ausbreitete, verlagerte sich in die Arme und in den Kopf.

„Was ist das? Was ist das für ein Bild?"

Es beunruhigte ihn. Aber er konnte nicht verstehen, wie ein Bild so etwas auslösen konnte.

„Löst das bei allen Leuten solche Gefühle aus?"

„Nein. Es sind viele hier, die das Bild nur kurz ansehen. Aber bei einigen löst es doch viel aus."
„Das Bild ist faszinierend", sagte Bodo. Er konnte seinen Blick nicht von dem Bild lösen. Es schien ihn fast aufzusaugen.

„Es ist mehr als ein Bild. Es ist viel mehr. Es geht tief, sehr tief. Es berührt mich in meinem Innersten. Hier" , Bodo deutete auf sein Herz. „Es macht warm und doch unruhig."

Maya sah Bodo an. Er kam das erste Mal so wirklich aus sich heraus bzw. an sein Innerstes heran. So hätte sie sich das bei der Balance gewünscht. Aber er war noch nicht so weit.

„Es zieht meine Gedanken aus mir heraus. Fast, als ob das Bild sie aufsaugen würde. Ich kann sie gar nicht festhalten."

Bodo schwieg. Er sagte nichts mehr. Er saß da und sein Gesicht entspannte sich, so, als ob er meditieren würde.

,Das ist eine gute Idee', dachte Maya. ,Meditieren ist auch für mich gut. Das habe ich schon so lange nicht mehr gemacht. Nach dem Interview kann ich mich auch vor das Bild setzen und meditieren. Lucas ist dann in meinen Gedanken bei mir.'

Sie sagten nichts und bewegten sich ganz leicht im Rhythmus einer leichten Musik.

Maya erschrak, als das Telefon klingelte und beide aus der Trance herausholte.

„Ich gehe mal ran", sagte sie und ging in ihr Büro.

Sie nahm den Hörer ab und meldete sich.

Bodo saß noch vor dem Bild. Mit einem Ohr hörte er zu. Er konnte nicht anders. Als Journalist sind immer die Augen offen und die Ohren gespitzt. Das hatte ihm in seinem Privatleben schon oft Ärger eingebracht. ‚Kannst du Arbeit nicht vom Privatleben trennen', wurde er oft gefragt. Er konnte es nicht. Er war mit Leib und Seele Journalist. Aber mit dem kleinen Problem, dass er ab und zu in Gedanken und nicht bei der Sache war. Aber wie sollte er das lösen?

Er ließ die Frage stehen und betrachtete wieder das Bild. Er hatte das Gefühl, dass er gehört hatte, dass Maya Lucas gesagt hätte. Ist dieser Mann auf dem Bild etwa Lucas? Er war sich aber nicht sicher, denn er war in Gedanken gewesen. Also ließ er die Idee wieder fallen.

Das Bild nahm ihn wieder ganz ein. Er wurde langsam zu diesem Bild.

Als Maya aus dem Büro kam, war er wieder hellwach.

„Hättest du mich auch so gemalt?" fragte Bodo.

„Nein. Dieses Bild ist einmalig. Die Bilder sind von den Menschen und den Themen abhängig."

„Was ist das Faszinierende an diesem Bild?" wollte Bodo wissen.

„In jedem von uns gibt es im Unterbewusstsein und im Unbewussten etwas, wovon wir im Bewussten nichts wissen. Wir spüren es. Und wenn wir einen

Impuls bekommen, der mit diesen Bereichen in Resonanz ist, dann sprechen uns die Dinge, Situationen oder Bilder an. Das kann auf sehr vielfältige Weise geschehen", versuchte Maya zu erklären.

„Ist auch ein Teil von dir in diesem Bild?"

„Ja, es ist wie bei einem Instrument. Und wenn mit einem Instrument etwas gespielt wird, wie zum Beispiel Musik, so ist immer der Charakter des Instrumentes in der Musik. Und so auch bei meinen Bildern."

„Ist das bei den Fotos und Texten auch?"

„Bei den Fotos nur zu geringem Teil. Das hängt mit der Position zusammen, aus der ich die Fotos mache. Wenn ich die Bilder aber noch bearbeite, bin ich wieder mehr in den Bildern zu finden.

In den Texten bin ich nicht, denn die Kunden schreiben sie ganz alleine. Ich bin dann manchmal nicht einmal im Raum."

„Verfälscht dein Einfluss dann nicht das Ergebnis einer Session?"

„Nein, denn meine Sessions sind so aufgebaut. Es kommt kein Kunde zu mir, der nicht auch etwas mit mir zu tun hat und umgekehrt."

„Wie zum Beispiel mit Lucas?" fragte Bodo frech. Ihn ließ der Name doch nicht los.

Maya erschrak. Woher wusste er den Namen. Sie hatte ihn nie erwähnt und er stand auch nicht im Text und auf den Bildern. Da hatte sie sehr genau aufgepasst.

„Wie kommst du auf den Namen Lucas?" fragte sie erstaunt.

„Ich glaube ihn gehört zu haben, als du am Telefon warst. Hatte ein Lucas angerufen?"

„Es geht dich zwar nichts an, aber es hatte kein Lucas angerufen und wir hatten auch nicht über einen Lucas gesprochen."

„Merkwürdig, wo kommt der Name denn plötzlich her? Ich hatte ihn, so glaube ich, gehört. Ich war in Gedanken und als die Gedanken zu Ende waren, war der Name plötzlich da!"

„Das hört sich interessant an", sagte Maya langsam. Sie überlegte sich die Worte genau, die sie jetzt sagen würde. Sie gestattete es sich nicht, Namen der Kunden preis zu geben. Aber wie konnte er den Namen erfahren haben, wenn nicht über sein Unterbewusstsein. Er war tief in das Bild eingetaucht, so kombinierte sie, und hätte dadurch Zugang zu weiteren Informationen. In der Aura des Bildes waren alle

Situationen, die Lucas zu diesem Bild geführt hatten und so auch sein Name.

„Hattest du noch mehr gehört?" fragte sie Bodo.

„Nein, das war alles."

Gut, dachte sich Maya. Dann können wir besser von diesem Bild weg gehen. Zum Beispiel in das Studio.

„Wollen wir ins Studio gehen?" fragte Maya.

**Bodo**

Bodo kamen wieder die Gedanken: ‚War ich zu weit gegangen?'

‚Vielleicht hätte ich den Namen doch nicht nennen sollen?'

‚Was denkt Maya jetzt von mir?'.

‚Ich muss einfach mehr aufpassen, was ich sage. Ich muss vorsichtiger sein.', dachte er sich.

Bodo lenkte sich ab und fragte: „Darf ich die Informationen zu deiner Arbeit in dem Interview mit aufnehmen?"

„Gerne. Dann erfahren die Menschen mehr über meine Arbeit und wie ich arbeite. Aber denke daran, das mit dem Lucas bleibt unter uns. Es werden keine Namen veröffentlicht."

„Das ist klar. Die Diskretion kannst du von mir erwarten. Ich arbeite auch nur bei den Zeitungen, die die Rechte und Wünsche der Einzelnen berücksichtigen."

### Bodo

‚Gibt es doch einen Lucas?' fragte er sich in Gedanken. ‚Aber irgendwo her muss der Name doch gekommen sein. Lucas?!'

Er ließ den Gedanken wieder los.

„Danke", sagte Maya erleichtert.

Sie gingen ins Studio.

### Maya

‚Was war das denn eben vor dem Bild?', fragte sich Maya. Sie hatte schon gehört, dass Menschen diese Gabe hatten. Sie dachte sich aber, dass es nur Menschen mit dieser besonderen Gabe konnten. So hatte sie es auch von vielen Seiten gehört.

Von Bodo dachte sie, er sei sehr bodenständig und würde diese Bereiche gar nicht betreten. Aber er hatte es offensichtlich getan. Er ist in Bereiche vorgestoßen, die rational nicht zu erklären waren, aber trotzdem existierten.

Wenn das viele Menschen könnten, so müsste sie die Ausstellung vielleicht ändern. Wie viele wohl schon Informationen über die ausgestellten Menschen erhalten hatten?

Maya bekam ein Schreck. ‚Das darf auf keinen Fall passieren! Das muss doch zu neutralisieren sein, sonst muss ich mein Konzept ändern. Aber das Konzept ist einfach genial.‘ Diese Art der Session hatte sie noch von niemand anders gehört. Es war ihre Erfindung. Zum Patent wollte sie es auf Anraten ihres Steuerberaters aber nicht anmelden. Es würde zu viel Geld kosten. Es wäre auch nur eine Zusammenstellung von verschiedenen Methoden, die es schon geben würde. So hatte sie den Gedanken schnell wieder verworfen.

‚Ich werde mich morgen darum kümmern, wie ich die Informationen neutralisieren kann‘, dachte sie sich und wendete sich wieder Bodo zu.

„Hatte dich das mit Lucas sehr getroffen?"

„Ja, schon."

„Er ist auf dem Bild?" fragte Bodo nach.

„Ja. Das bleibt aber unter uns. Ich will davon nichts in deinem Artikel lesen, sonst sind wir geschiedene Leute. Rosenkrieg, wenn du verstehst, was ich meine."

„Ich verstehe und ich werde nicht das kleinste Wörtchen davon schreiben. Indianerehrenwort."

„Danke."

Sie setzten sich in das Studio und setzten das Interview fort.


*Hier im Studio werden die Fotos gemacht?*
Ja. Ich habe drei Kameras.

*Wieso gerade drei Kameras?*
Weil ich mir mehr momentan nicht leisten kann und damit ich für die verschiedenen Situationen die passende Kamera habe. Ich habe sie unterschiedlich eingestellt und sie haben unterschiedliche Objektive.

*Arbeitest du mit Blitz?*
Meistens nur mit indirekter Beleuchtung. Dann kommen die sehr feinen Strukturen und Linien, die Gesichtszüge gut hervor.

*Du sagtest vorhin, dass du auch Fotos bearbeitest?*

Ja. Manchmal ist es wichtig, bestimmte Formen, Farben und Schatten noch zu verändern, damit das auf dem Foto zu sehen ist, was ich an dem Kunden gesehen hatte. Oder ich blende mehrere Bilder übereinander, so wie ich das bei L...

**Maya**

Sie unterbrach sich. Sie wollte den Namen doch nicht sagen.

‚Würde Bodo den kleinen Ausrutscher ignorieren?'

*Welchen Vorteil hat das?*

**Maya**

‚Danke!' dachte Maya. Er hatte es ignoriert.

So kann jeder sehen, wie er auf andere Menschen wirken könnte. Ich nehme mich als Beispiel.

*Wieso dich als Beispiel?*
Ich kann das Bild nur so aufarbeiten, wie ich den Menschen sehe. So hat er einen Eindruck, wie er auf mich wirkt.

*Wie wirke ich auf dich?*
Ist das eine persönliche Frage?

*Gut, eine andere Frage: Wie lange arbeitest du schon so?*
Genau weiß ich das gar nicht mehr. Ein paar Jahre sind es schon. Aber die Art der Arbeit ändert sich öfter einmal.

*Wie ändert sich deine Arbeitsweise?*
Im Laufe der Zeit lerne ich viel dazu. Ich passe meine Art und Weise daran an. Das bringt nicht nur Abwechslung, sondern auch bessere Ergebnisse.

### Mayas Erinnerung an Lucas

Maya lächelte bei dem Wort Abwechslung, denn ihr fiel Lucas wieder ein. Es gab Tage, an denen er sich gar nicht an die Vorschläge von Maya halten wollte. Er tat einfach etwas anderes.

Sie hatte das Gefühl, dass er sich so langsam bei ihr wie zu Hause fühlte und keine Session mehr wollte.

Wie sie aber später herausfand, wollte er sehr wohl die Sessions, aber er traute sich nicht. Er hatte Angst vor seinen eigenen Gefühlen. Das hatte sie deutlich gemerkt, als sie seinen roten Knopf drückte.

Dieses Mal war er es, der bei ihr den Knopf

drückte. Es war nur ein Wort gewesen, das er sagte. Maya nahm an, nachdem sie ihn rausgeschmissen hatte, dass er gar nicht einmal wusste, dass dieses Wort bei ihr so tief ging. Sie traute sich nicht, das Wort zu denken. Aber schon war es da: ‚Xanthippe'.

Es war nicht einmal ein ungewöhnliches Wort. Aber Lucas sagte es genau so, wie ihr damaliger Freund es sagte, als er Maya verließ. Es war genau der gleiche Tonfall und die gleiche Stimme. Und schon waren die alten Gefühle wieder da, die sie gar nicht mehr haben wollte. Sie hatte sie offensichtlich doch noch nicht losgelassen.

Ihr Freund hatte sie damit beschimpft. Sie dachte, dass sie damit durch wäre, aber Lucas hatte es wieder angefacht. ‚Eigentlich war er es gar nicht', dachte Maya. ‚Es lag an mir. Armer Lucas!'

Lucas kam aber trotzdem wieder. Maya hatte es ihm dann erklärt. Er hatte ihr gesagt, dass er es nur zu gut verstehen würde.

Maya schüttelte den Kopf, als sie daran dachte.

„Warum schüttelst du deinen Kopf?" fragte Bodo.

„Oh, ich war gerade wieder in Gedanken."

Bodo lächelte. Das kannte er nur zu gut.

„Da sitzen ja die Richtigen zusammen", sagte Bodo. „Wenn wir unsere Gedanken aufschreiben, wird das bestimmt ein schöner Roman, ein Bestseller."

„Oh nein, bitte nicht", erwiderte Maya.

Beide lachten.

„Wie stehst du zur Religion?"

„Willst du das wirklich wissen?"

„Ja. Mir erscheint es eine sehr interessante Frage zu sein."

„Ist sie auch. Ich finde sie auch interessant. Aber passt diese Frage wirklich zu dem Interview, das du schreiben möchtest?"

„Ich finde, dass es sehr gut passt. Es werden bestimmt viele Menschen unterschiedlicher Religionen vorbei kommen."

„Das kann man wohl sagen. Bei manchen Kunden kommt es auch zur Sprache."

„Wie gehst du damit um?"

„Ich kann es an einem Beispiel erläutern, wenn es dir recht ist."

„Absolut. Soll ich die Frage wiederholen?"

„Ja, bitte."

*Wie stehst du zur Religion?*
Es waren einmal eine Mutter und ihre Tochter bei mir. Beide waren dem islamischen Glauben anhängig. Für die Mutter war es das Problem, dass ihre Tochter in Deutschland geboren und aufgewachsen war und nicht dem strengen Glauben nachgehen wollte, wie sie.

*Willst du das jetzt wirklich erzählen? Das erscheint mir ein sehr heißes Eisen zu sein, in den Glauben der anderen Leute einzugreifen.*
Das ist ein heißes Eisen. Aber du hattest danach gefragt und eingreifen werde ich in den Glauben anderer Menschen nicht.

*Dann erzähl einfach mal.*
Wenn in dem Glauben anderer Leute eingegriffen wird, berührt man dadurch gleichzeitig die inneren und äußeren Werte, die das Leben über aufgebaut wurden. Und je tiefer diese Werte sitzen, desto brisanter wird es.

*Du hattest dich an dieses Thema getraut?*

An das Thema hatte ich mich getraut. Es ging bei den beiden Frauen nicht direkt um den Glauben, sondern um die Positionen und Lernerfahrungen. Jede hatte für sich einen anderen Weg beschritten. Die Mutter war in ihrem Heimatland aufgewachsen und hatte die Wertvorstellungen dort gelernt. Ihre Tochter wuchs hier auf und hatte unsere Wertvorstellungen gelernt.

*Es ging also um Wertvorstellungen?*

Ja. Und das interessante an der Frage der Wertvorstellungen bezüglich der Religionen ist, dass die Religionen nicht verglichen werden können. Jede hat einen anderen Ursprung in den unterschiedlichen Regionen. Die Lebensweisen dort haben die Religionen mit geprägt. Es lassen sich bestimmte Themen gegenüber stellen, aber es lässt sich nicht sagen, dass die eine Religion besser als die andere Religion ist. Sie alle haben ihre Daseinsberechtigung. Sie müssen sich aber auch der Zeit anpassen.

*Wieso der Zeit anpassen?*

Die Religionen wurden vor vielen hunderten bzw. tausenden von Jahren gegründet oder haben dort begonnen. Die Themen wurden damals auf dem Stand der Zeit vermittelt und gelehrt, wie es damals aktuell war. Nur hatte sich die Zeit fortentwickelt und manche Menschen glauben, dass es die Religion nicht brauchte. Die Art und Weise, wie sie gelehrt wird, entspricht nicht dem heutigen Stand. So entstand das Problem der Kirchenaustritte. Die neue Generation kann nicht mehr viel mit den alten Lehren anfangen. Der Glauben an sich ist sehr wichtig und auch richtig. Das Angebot der Kirchen muss aber der modernen Zeit angepasst werden.

*Und wie ist das deiner Meinung nach mit den Glaubenskriegen?*
Wenn die Menschen befragt werden, die in Gegenden wohnen, in denen Glaubenskriege stattfinden, hört man, dass sie damit nicht einverstanden sind. Oft werden diese Kriege durch Extremisten begonnen.

„Das ist wirklich ein heißes Thema. Ich weiß nicht, ob wir es drucken werden", merkte Bodo an.

„Das kannst du entscheiden oder dein Chefredakteur. Aber eines wollte ich noch dazu sagen: Selbst hohe Kirchenangehörige sagen, dass wir in einer Zeit der Multireligion leben und alle seine Berechtigung nebeneinander haben. Ich hatte es vor ein paar Monaten in dem Buch eines Kardinals aus dem Vatikan gelesen."

*Das ist ja interessant. Manchmal klingt es so, als ob sie nur ihre Religion gelten lassen würden.*
Das ist nicht so. Da muss man schon aufpassen und genau hinsehen und hinhören, wer so etwas sagt und wer hinter diesen Informationen steckt.

*Das ist richtig. Die Artikel und Nachrichten, die veröffentlicht werden, hängen vom Redakteur und auch der Meinung der Agentur ab. Dieselbe Nachricht klingt aus den verschiedenen Agenturen unterschiedlich. Manchmal in Nuancen, manchmal im gesamten Tenor.*

Ja, und genau das meinte ich. Schaue immer nach, wer was berichtet und wer die Berichte finanziert.

*Schon wieder ein heißes Thema.*

Wenn es dir zu hieß ist, kannst du es fallen lassen. Es soll auch kein religiöser oder politischer Artikel werden.

*Genau. Vielleicht kommen wir zu einem weniger heißen Thema, zu der Fotografie?*

Das ist gut. Ich fotografiere gerne. Seit es die Digitalkameras gibt, mache ich viel mehr Bilder als vorher. Ich kann auch viel experimentieren, wie ich es auch bei L...

### *Mayas Erinnerung an Lucas*

Sie unterbrach sich. Fast hätte sie den Namen Lucas schon wieder erwähnt. Sicher, Bodo kannte den Namen schon, aber sie wollte ihn nicht erwähnen. Doch fast wäre er wieder aus ihr herausgerutscht. Aber sie konnte sich gerade noch bremsen.

Es war ihr die Situation eingefallen, die sie zusammen mit Lucas hatte. Lucas hatte sie gefragt, ob sie auch Bilder draußen in der frischen Luft machen könnten. Er wüsste einen Ort, der an einem See gelegen war und wo wenige Menschen sein würden. Sie solle fahren, da er kein Auto habe.

Sie fuhren an dem Vormittag zu dem See. Er war umgeben von Bäumen und Sträuchern. Im Gras konnte man gut sitzen und es waren auch viele lauschige Plätze, die auch einen Zugang zum See hatten. Es war ein schöner warmer Sommermorgen.

Sie hatten ein kleines Picknick mitgenommen. Denn sie wusste nicht, wie lange es dauern würde. Vorsorglich hatte sie an diesem Tag ihr Atelier geschlossen.

Sie saßen am See und sahen in der Ferne Pferde grasen. Es war eine Mutter mit ihrem Fohlen. Es sah sehr niedlich aus, wie das Fohlen noch leicht unbeholfen die ersten Trabversuche machte. Sie nahm die Kamera und wollte es fotografieren. Aber gerade als sie den Auslöser drücken wollte, war das Fohlen hinter einem Busch verschwunden.

„Um Tiere zu fotografieren braucht man viel Geduld", sagte Lucas. „Bei Menschen ist das oft einfacher."

„Nicht wirklich. Für Schnappschüsse schon, aber für wirklich inhaltsreiche Fotos ist es sehr aufwändig."

„Wieso?"

„Bei den inhaltsreichen Fotos muss alles stimmen. Es muss der Mensch entsprechende Kleider tragen, die Umgebung muss zu der Situation passen, der Lichteinfall muss stimmen und der Mensch muss sich so positionieren, wie das Foto es zeigen soll. Das kann schon mal einige tausend Aufnahmen und ein paar Tage dauern, wenn die Situation gestellt ist, aber natürlich aussehen soll."

„Oh, das hört sich kompliziert an. Dauern deine Fotos auch so lange?"

„Nein. Die meisten sind spontan. Zum Glück. Manchmal möchte ich auch einfach nur schöne Bilder machen. Dann nehme ich mir viel Zeit und lasse alles auf mich wirken, bevor ich beginne."

„So wie heute?"

„Ja, so wie heute."

„Was hast du mit mir vor?" fragte Lucas.

„Ich möchte ein paar schöne Bilder von dir machen."

„Auch Bilder, auf denen wir beide zu sehen sind?"

„Nein, nur von dir."

„Was soll ich tun?" fragte Lucas und erwartete eine Regieanweisung.

„Sei einfach du selbst. Gebe dich, wie du bist."

„Kommst du mit baden?" fragte Lucas.

„Nein. Ich habe keine Lust und keinen Badeanzug mit."

„Ich auch nicht", sagte Lucas, zog sich aus und schwamm eine Weile.

Sie sah ihn ins Wasser gehen und schwimmen. Sie betrachtete ihn, wie er seine Runden drehte. Es machte ihm Spaß, zu schwimmen. Ab und zu blickte er zu Maya herüber.

Maya nahm die Kamera, als sie einen Vogelschwarm über das Wasser flogen sah. Sie flogen auf Lucas zu. Sie brauchte nur noch einen Moment warten und etwas Glück haben, dann würde sie ein schönes Foto schießen können. Der Moment kam und sie drückte im richtigen Moment auf den Auslöser, gerade als der Vogelschwarm über Lucas Kopf war. Sie hatte das Foto aufgehoben und hatte es an die Wand im Büro gehängt. Lucas hatte es nicht bemerkt und sie hatte es ihm auch nicht erzählt.

Nach einiger Zeit kam Lucas aus dem Wasser. Er sah glücklich aus. Sie konnte ihren Blick nicht von ihm wenden. Sie sah ihm zu, wie er sich abtrocknete und wieder anzog.
„Können wir jetzt die Bilder machen?" fragte

Lucas.

„Gerne", sagte Maya.

Sie machten an verschiedenen Stellen und mit unterschiedlichen Positionen Bilder. Es waren sehr schöne Bilder geworden.

Normalerweise bekommen ihre Kunden alle Bilder und sie löschte die Originale von ihrem Computer. Aber bei Lucas war es etwas anderes. Sie hob alle auf und betrachtete sie ab und zu einmal - und träumte dabei.

„Bei Lucas?" fragte Bodo.

„Äh, ja. Aber das wollte ich gar nicht erzählen", sagte Maya überrascht.

„Was wolltest du erzählen?"

„Ich wollte auf die unterschiedlichen Möglichkeiten beim Experimentieren eingehen."

*Gut. Wie stehst du zur Fotografie?*
Ich mache viele Fotos. Manche bearbeite ich am PC. Ich ändere Farben und Beleuchtung, füge Elemente hinzu oder radiere sie aus. Manchmal blende ich auch mehrere Fotos übereinander. Dann kommt so etwas Ähnliches heraus, wie auf dem einen Bild im Atelier.

*Ist das auch aus Fotos entstanden?*
Es ist original ein Ölbild, das aber aus den Elementen verschiedener Fotos der Person entstanden ist. Zusätzlich sind noch die in Bildern umgewandelten Dialoge eingeflossen.

*Wie geht das, Dialoge in Bilder umzuwandeln.*
Das kann ich gar nicht so einfach erklären. Ich denke in Bildern. Ich weiß nicht, wie das bei dir ist.

*Wie merke ich, ob ich in Bildern denke oder in Worte?*
Wenn du etwas denkst, wie läuft es bei dir ab?

*Wenn ich denke - Moment - dann ist es in Worten.*
Ich habe Bilder vor meinem inneren Auge. Es dauert manchmal etwas länger, das aufzufassen, was mir erzählt wird. Aber wenn ich es verstanden habe, dann kann ich es mir auch für eine lange Zeit merken.

*Kann man das lernen?*
Man kann es lernen. Aber es hat auch viele Vorteile, in Worten zu denken. Das erleichtert es, wenn Texte geschrieben werden und wenn Texte aufgenommen werden sollen. Gedichte auswendig lernen, fällt mir schwer. Ich muss sie erst in Bilder umwandeln. Aus den umgewandelten Texten kann ich leicht Elemente in die Bilder einfügen.

*Passiert es schon mal, dass du Texte und Bilder von unterschiedlichen Menschen vertauschst?*
Am Anfang war es ein paar Mal passiert. Das Ergebnis war aber sehr verblüffend. Als die Kunden das sahen, kamen sie mit Bereichen in sich in Verbindung, die sie nicht für möglich hielten.

*Also war das doch positiv?*
Ja, sehr.

*Kannst du das auch absichtlich machen?*
Das kann ich schon, aber ich verlasse mich da lieber auf den Zufall, auf die Intuition. Auf das, was mir zugefallen ist..

*Eine interessante Interpretation von Zufall.*
Es ist keine Interpretation, sondern etwas, was den Regeln des Lebens folgt. Wenn wir Menschen die Regeln nicht sehen, dann wir es Zufall. Oder wie ein berühmter Mensch sagte: Wenn Gott inkognito bleiben will, nennen wir Menschen es Zufall.

*Also gibt es keinen Zufall.*
Nicht wirklich.

„Lass uns mal eine Pause machen", schlug Bodo vor. Nach diesen Ausführungen verspürte er eine Müdigkeit in sich aufsteigen.

„Gerne."

Sie standen auf und bewegten sich, streckten sich und mussten Gähnen.

## Maya

,Es dauert schon eine lange Zeit, dieses Interview', dachte Maya. Aber Bodo hatte es ihr gesagt. Er wolle kein normales Interview machen, dass nur ein paar Zeilen lang wäre, er wollte eine Interviewreihe zusammenstellen, bei denen sehr unterschiedliche Menschen ausführlich vorgestellt werden würden. Sie würden nur in bestimmten Ausgaben gedruckt werden, so wie er es sich vorstellte, nur in den speziellen Sonderausgaben. Das müsse er aber noch mit seinem Chefredakteur klären.

Aber es machte ihr auch Spaß. Es war nicht nur ein Interview, es war auch ein kleines Zwiegespräch. ,Ein Zwiegespräch zwischen mir und mir', dachte Maya und musste lächeln.

Wieder dachte sie an Lucas und an das Foto am See. Sie ging ins Büro und sah es sich an. Sie hatte es auf Leinwand drucken lassen, damit es seine Besonderheit noch mehr ausdrücken kann.

Gleichzeitig war auch Bodo in Gedanken.

## Bodo

‚Sie ist schon sehr geduldig mit mir', dachte Bodo. ‚Aber es scheint ihr auch Spaß zu machen. Besonders bei Themen, die ihr gefielen. An andere Themen wollte sie nicht so gerne ran.'

Aber bei ihm war es auch so. Er spürte auch Themen, die ihn nervös machten. So war es auch die Religionsfrage, die er für sich noch nicht geklärt hatte. Sollte er aus der Kirche austreten oder sollte nicht. Eine Frage, die ihn schon lange beschäftigte. Würde er Gott verleugnen, wenn er austreten würde? Würde er von Gott bestraft werden, wenn er das täte?

Er wusste nicht, was richtig war. Er konnte sich auch hier nicht entscheiden. Er konnte sich in so vielen Dingen nicht entscheiden. Meistens hatten dann andere für ihn entschieden. Mit vielen dieser Entscheidungen war er einverstanden, aber mit manchen eben nicht. Dann haderte er mit sich selber. Entscheidungen treffen war ein weiteres großes Thema für ihn.

Es hatte wahrscheinlich auch damit zu tun, dass er nicht Chefredakteur geworden war, sondern ein jüngerer Kollege. Aber wollte er wirklich Chefredakteur werden? Dann musste viel entschieden werden. Und der jüngere Kollege war dafür geeignet. Es schien ihm nichts auszumachen, wenn er fertige Artikel nicht drucken ließ, weil andere Themen wichtiger waren. Viele dieser Artikel landeten im Archiv, oder genauer gesagt, wenn ein fertiger Artikel nicht gedruckt wird und im Archiv landet, würde er im Papierkorb landen. Es kam noch nicht einmal vor, dass ein Artikel daraus später gedruckt wurde. Vielleicht ist das bei anderen Zeitungen und Zeitschriften anders.

Eigentlich war er ganz froh in seiner Position. Seine Frau sagte zwar manchmal, ob er sich nicht eine neue Arbeit suchen würde, bei der er mehr verdienen würde. Aber er war jetzt schon so lange bei Art'n&More und wolle es nicht aufgeben. Sie würden sich alle schon so gut kennen. Es sei wie eine Familie sagte er ihr dann.


Bodo folgte Maya ins Büro. Er sah das Bild von Lucas und dem Vogelschwarm.

„Das ist ja ein tolles Bild!" rief Bodo aus. „Wieso ist es hier so versteckt?"

„Es ist etwas ganz besonderes und ein privates Bild. Ich möchte nicht, dass es andere Menschen sehen. Es ist nur für mich."

„Auch zum Träumen?" fragte Bodo.

„Ja, auch zum Träumen. Es erinnert mich an einen wunderschönen Abschnitt aus meinem Leben, der leider Vergangenheit ist."

„Es hängt mit dem Mann im Wasser zusammen?"

„Ja. Genau."

Maya sah ein wenig traurig aus. Bodo verkniff sich weitere Fragen und zog sich leise zurück. Er wollte im Ausstellungsraum noch ein wenig die Bilder und Texte ansehen.

Er stand vor einem schönen Gedicht:

> Das zarte Blümchen
> verwurzelt in der Mutter Erde
> gewachsen in den Vater Himmel
> mit leuchtenden und strahlenden Farben
> die Liebe versprühend
> die Lebenskraft ausstrahlend
> Bellis Perennis
>
> *Ich liebe dich.*

Es war kein Name darunter. Aber es gefiel ihm sehr gut. Eine so einfache Pflanze bekam ein so schönes kleines Gedicht. Das berührte ihn.

Daneben war ein Bild eines Gänseblümchens aufgehängt. Es war ein Foto, eine Großaufnahme. Ein wirklich schönes Foto. Als er näher kam und dann wieder mehr Abstand zum Foto hielt, meinte er, er würde ein Gesicht in der Mitte der Blüte sehen. War dort wirklich ein Gesicht? Es sah aus, wie dein Kindergesicht.

„Maya", rief er um danach gleich wieder ruhig zu sein. ‚Vielleicht will sie gar nicht gestört werden? Sie sah doch ein wenig traurig aus.' dachte er.

„Ja, ich komme", sagte Maya und stand auch schon neben ihm. „Ist das nicht ein Gedicht von einem Bild?"

„Ist da wirklich das Gesicht eines Kindes zu sehen?"

„Ja. Es ist das Gesicht eines Kindes, das ein Gänseblümchen sehr liebte. Es half ihr durch verschiedene Tiefen des Lebens."

„Wie kann ein Gänseblümchen einem durch Tiefen des Lebens helfen?"

„Es ist das Leben. Jedes Lebewesen ist mehr als das, was du sehen kannst. Es ist mehr zwischen Himmel und Erde, als wir anfassen können. Es ist unsere Einstellung um Leben."

„Könnte es mir auch bei meinen Tiefen helfen?"

„Ja, das kann es. Du musst dich nur darauf einlassen und Hilfe annehmen. Es ist auch ganz einfach.“

„Wie einfach ist es und wie geht das?“ wollte Bodo wissen.

„Du kannst der Blume eine Frage stellen und in der Stille wirst du die Antwort erhalten.“

„Ich muss also in die Stille gehen?“

„Ja.“

„Wie mache ich das?“

„Da gibt es verschiedene Möglichkeiten. Ich gebe dir einen Prospekt mit.“

„Danke“, sagte Bodo. „Hier gibt es sehr viel Interessantes zu sehen und zu erfahren. Ich hoffe, ich beanspruche dich nicht zu sehr. Wenn es dir mit dem Interview reicht, sage es mir einfach.“

„Mir macht es Spaß und ich fühle mich wohl damit. Ich habe extra den Tag dafür frei gehalten. Anstrengend ist es schon manchmal. Interessant finde ich daran, dass ich nicht weiß, wo die Geschichten hin führen.“

„Das finde ich auch. Bei den meisten mache ich ein Konzept und schreibe die Fragen auf. Viele wollen die Fragen auch vorher zugeschickt bekommen, damit sie sich darauf vorbereiten können. Du wolltest es nicht. Vorbereitet hatte ich schon Fragen, aber die sind nicht mehr wichtig."

„Ich wollte das Abenteuer ‚Ausgefragt werden' genießen. Aber was hast du noch für Fragen auf deiner Liste, die du noch nicht gestellt hattest?"

„Nur noch eine."

„Und die wäre?" wollte Maya wissen.

*Was sind deine Hobbys?*
Ich lese gerne und höre gerne Musik. Außerdem fahre ich gerne Rennrad, Kanu und jogge ab und zu einmal. Und manchmal reise ich.

„Was hältst du von einer Mittagspause?" fragte Maya nachdem sie auf die Uhr geblickt hatte.

„Wie spät ist es eigentlich?"

„Es ist viertel nach eins. Meistens mache ich um zwölf Uhr Mittag. Aber heute verfliegt die Zeit nur so."

„Gute Idee. Wo machst du normalerweise Mittag?"

„Ich nehme mir meistens etwas von zu Hause mit. Für heute hatte ich gedacht, dass wir essen gehen.

Wir haben ein schönes Restaurant am Hafen. Es hat einen wunderbaren Blick auf den Fluss."

„Gute Idee. Soll ich fahren oder fährst du?"

„Ich fahre", sagte Maya.

Sie packten die Sachen zur Seite, die noch im Weg lagen und gingen zu Mayas Auto. Sie fuhren gemütlich zum Restaurant. Es dauerte nur knapp zehn Minuten. Im Restaurant wurden sie herzlich begrüßt. Sie kannten Maya sehr gut.

„Ich war noch nie hier. Es sieht schon toll aus", sagte Bodo als er sich umsah.

„Und es schmeckt sehr lecker. Ich komme gerne hier her und manchmal nehme ich auch Kunden mit."

Sie bestellten sich jeder eine Apfelschorle und eine kleine Pizza. Sie waren begeistert von dem Restaurant und Bodo versprach, öfter vorbei zu kommen.

„Ich gehe nach dem Essen gerne noch ein Stück am Fluss entlang. Es tut mir gut, am fließenden Wasser entlang zu gehen", lud Maya Bodo ein.

Sie gingen spazieren. Eine Zeit lang sagte keiner ein Wort. Sie waren nicht einmal in Gedanken versunken. Der Fluss schien sie alle fort getragen zu haben.

Es waren an diesem Tag wenige Menschen unterwegs.

Nach etwa zwei Kilometern drehten sie um.

„Oh, ich dachte gar nicht, dass wir schon so weit gelaufen sind", bemerkte Bodo.

„Das geht hier richtig gut. Kein Gedanke, kein Wort, nur das Laufen. Es ist so entspannend."

„Ja. Ich freue mich, mit hier her gekommen zu sein."

Nach einer kleinen Pause fragte Bodo: „Maya, darf ich für das Interview ein Foto von dir machen?"

„Gerne. Hattest du an etwas Bestimmtes gedacht?"

„Ja. Ein ausdrucksstarkes Bild. Könntest du dich auf die Bank setzen und zum Fluss blicken. Es passt gerade alles, die Stimmung, die Beleuchtung, die Umgebung und dein entspanntes Gesicht."

Maya lächelte und setzte sich in verschiedenen Positionen auf die Bank. Bodo machte mehrere Fotos. Als er fertig war, bedankte er sich bei Maya und setzte sich zu ihr. Sie genossen den schönen Ausblick.

Auf dem Rückweg zum Auto waren sie wieder still. Wieder kein Gedanke. Sie liefen einfach und genossen es. Wenn ein Schmetterling vorbei flog, war kein Gedanke da, der sagte, dass es ein Schmetterling sei.

Sie setzten sich ins Auto und fuhren zurück zum Atelier. Dort angekommen schloss Maya die Tür auf. Sie bemerke einen kleinen Zettel an der Tür und nahm ihn mit hinein.

„Möchtest du einen Kaffee?" fragte sie Bodo.

„Gerne."

Sie ging in die Küche und machte den Kaffee. Den Zettel hatte sie ins Büro gelegt. Sie wollte ihn später lesen. Bodo war mit in die Küche gekommen und setzte sich.

„Das tut gut", sagte Maya, als sie den ersten Schluck nahm.

Bodo trank den Kaffee ohne ein Wort zu sagen. Er blickte in die Tasse, so als ob der darin etwas sehen könnte.

„Kannst du aus dem Kaffeesatz lesen?" fragte Maya etwas spöttisch.

„Nein. Aber ich bewundere die Menschen, die das können. Wie machen die das bloß?"

„Ich habe da eine Vermutung", fing Maya an. „Es ist nur ein Hilfsmittel. Es ist eigentlich die umgebende Energie, die Aura, die uns und alles umgibt. Sie können aus der Aura lesen und nehmen dazu den Kaffeesatz oder Karten oder was auch immer als Hilfsmittel."

„Dann ist es gar nicht der Kaffeesatz?"

„Meiner Meinung nach nicht."

„Es gibt viele Bücher und Angebote zu diesem Thema. Ich hatte mich schon einmal dafür interessiert, aber bin enttäuscht worden."

„Wie das?"

„Ich hatte mir ein Buch gekauft, in dem ich Deutungen von Gegenständen lernen sollte. Die Gegenstände, es waren drei Steine, sollte man auf den Tisch fallen lassen und je nach Stellung bedeuteten sie etwas anderes. Für meine Frage waren die Antworten, die zu der Stellung der Steine aufgeführt war, sehr vielfältig und so formuliert, dass es alles heißen konnte, dass es etwas Gutes und auch etwas Schlechtes bedeutet hätte. Ich hatte es danach weg geschmissen."

„Hättest du es nicht zurück bringen können?"

„Ja, aber ich hatte mich nicht getraut, weil ich doch solch einen Blödsinn gekauft hatte."

„Armer Bodo. Aber so ist es auf jedem Gebiet. Es gibt Gutes und es gibt Sinnloses. Es sind aber nicht alle Angebote auf diesem Gebiet schlecht. Es gibt auch gute Karten. Ich habe Engelkarten. Sie helfen mir bei bestimmten Fragen und Gefühlen sehr gut. Sie zeigen mir, was für Informationen ich aus den Situationen erfahren kann. Zugegeben, es passt nicht immer, aber immer helfen sie mir."

„Zeigst du sie mir mal?"

„Gerne."

Maya holte die Karten. Bodo zog eine und war überrascht, als er den Text dazu las. Es passte!

„Das passt gut! Das ist genau das, was mir jetzt weiter hilft."

Bodo hatte durch diese eine positive Erfahrung ein altes Muster fallen gelassen, nach dem alle diese ‚Dinge' nichts taugen würden.

„Ich glaube, ich kaufe sie mir auch."

Er schrieb den Namen und die ISBN-Nummer auf.

„Wollen wir weiter machen mit dem Interview?" fragte Bodo.

„Ja, gerne."

*Nutzt du oft die Engelkarten auch für deine Kunden?*
Nein, meistens nicht. Normalerweise reichen Bilder, Texte und Fotos, aber manchmal sind sie schon hilfreich, wenn wir nicht weiter kommen.
*Wie lange dauern deine Sessions?*
Ich rechne im Schnitt mit neunzig Minuten. Manchmal ist es weniger, manchmal auch mehr oder auch viel mehr.

*Wie machst du dann deine Terminplanung? Wenn es bei Jemand mehr als neunzig Minuten dauert, dann muss der Nächste lange warten.*

### Mayas Erinnerung an Lucas

‚Ja, die liebe Terminplanung. Gerade mit Lucas war das nicht einfach. Manchmal kam er zu den Terminen, oft aber auch ohne Anmeldung. Es war schon merkwürdig mit ihm. Aber es hatte mich alles nicht gestört', beobachtete sie sich bei den Gedanken.

Einmal war sie gerade bei Fotoaufnahmen. Eine Frau wollte Akt Aufnahmen. Sie lag auf dem Boden auf einer wunderschönen, weichen und kuscheligen Decke. Sie war sehr entspannt und schloss ihre Augen. Maya hatte schon ein paar Bilder gemacht, als die Kundin die Augen öffnete und erschrak.

Maya drehte sich augenblicklich um und sah Lucas, wie er durch den Spalt der Tür blinzelte. Sie entschuldigte sich bei der Frau und ging zu Lucas in den Ausstellungsraum. Sie hielt ihm eine kräftige Standpauke, dass er ohne Termin nicht vorbeikommen solle und wenn er die Bilder sehen wolle, könne er es gerne machen. Aber die anderen Räume seien Tabu. Dafür hing ein kleines Schild an der Tür. Er solle gefälligst das nächste Mal anklopfen, wenn es etwas wichtigen geben würde.

Lucas war fröhlich in das Atelier gekommen. Er hatte sich nichts dabei gedacht, als er durch die Tür blinzelte. Nach dieser Standpauke ging es ihm sehr schlecht. Er weinte, weil er mit dieser Reaktion nicht gerechnet hatte. Er verließ das Atelier. Maya rief ihm noch hinter her, aber er lief fort.

Maya machte sich Vorwürfe, dass sie wohl zu heftig reagiert hätte. Auch die Kundin fand es sehr heftig. Maya war sich nicht mehr sicher, ob Lucas den nächsten Termin überhaupt wahrnehmen würde.

Sie sprach noch einige Zeit mit der Kundin und beendete ihre Session.

Aber Lucas kam zum nächsten Termin und entschuldigte sich für sein unpassendes Verhalten.

Maya nahm sie an. Sie war auch sehr froh, dass er wieder gekommen war.

Dass einer mal warten muss, kann schon mal vorkommen. Aber neue Kunden plane ich immer so ein, dass sie die Letzten für den Tag sind. Bei den anderen passt es in den allermeisten Fällen.

*Neue Kunden brauchen in der Regel länger als neunzig Minuten?*
Nicht grundsätzlich. Es gibt aber Fälle, die länger dauern.

*Woran liegt dieser Unterschied?*
Das Problem bei manchen ist, ihr Problem auf den Punkt zu bringen, ein Ziel oder eine Fragestellung zu entwickeln.

*Das Thema sozusagen?*
Genau.

*Was war die längste Session, die du je gehabt hast?*
Die war etwas mehr als drei Stunden.

*Und die Kürzeste?*
Die war genau zwei Minuten.

*Nur zwei Minuten?*
Ja. Es war jemand, der sich hinsetzte, die Stifte und das Papier sah, mich mit großen Augen ansah und dann die Lösung wusste.

*Das ist doch genial.*

Ja. Es hatte mich sehr gefreut. Eine so spontane Lösungsfindung hatte ich noch nie. Leider war es die einzige Session, die derart kurz war.

*So gibt es in deinem Beruf immer wieder Überraschungen.* Das macht meine Arbeit auch so interessant, dass ich keine andere Arbeit machen möchte.

### Mayas Erinnerung an Jana

Interessant fand Maya auch Jana. Jana mochte Mitte zwanzig gewesen sein. Sie machte aber einen viel älteren Eindruck. Zumindest auf den ersten Blick. Als sie sich unterhielten, hatte Maya das Gefühl, Jana würde noch in der Pubertät stecken.

Sie hatte - man kann schon sagen - Klamotten an, die ungewaschen und voller Löcher waren. Ihre Frisur schien schon drei Wochen nicht mehr gewaschen und gekämmt worden zu sein.

Maya dachte im ersten Moment daran, sie hinaus zu werfen. Aber sie dachte sich auch, wenn so ein Mensch zu ihr kommen würde und ihre Hilfe wolle, dann solle sie ihr auch helfen.

Jana erzählte von ihren Eltern und ihrem zweiten Freund. Sie würden sie nicht ernst nehmen. Sie würden ihr immer wieder vorschreiben, was sie zu machen hätte, wie sie sich kleiden solle, was sie zu essen kochen solle und so weiter. Sie war sehr unzufrieden.

Als sie sich vor den Spiegel stellen sollte, weigerte sich Jana wie ein kleines Baby. Fast hätte sie sich auf den Boden geworfen und geschrieen, dass sie das nicht wolle.

Maya wusste sofort, dass es etwas in Jana geben würde, dass sie in der Pubertät festhalten würde. Auch berichtete Jana, dass sie sich zum Mann umoperieren lassen wolle, damit sie ernst genommen werden würde.

Es war ein schweres Stück Arbeit für Maya gewesen, Jana zu helfen. Es hatte viele Sessions gedauert, bis Jana so weit aufgetaut war, dass das eigentliche Problem herausgefunden werden konnte.

Bei Jana lag es viel früher in ihrer Kindheit. Durch viele Bilder und Texte und Gespräche konnte es aufgelöst werden.

Als Jana zu ihrem letzten Termin kam, hatte sie eine völlig andere Ausstrahlung. Sie kleidete sich wie eine 25-jährige und benahm sich auch so. Sie hatte eine schöne neue Frisur, die ihr perfekt stand. Sie hatte Selbstbewusstsein und Selbstvertrauen.

Ihr Freund hatte sie verlassen, weil sie sich nicht mehr alles sagen ließ.

Als sie vor den Spiegel trat, lächelte sie sich in einer wunderbar femininen Weise an. Sie war die Frau geworden, nach denen sich die Männer umdrehen würden.

Maya fertigte im Laufe der Sessions eine Bilderserie von Jana an, in der sie ihre Schritte sehen konnte. Die Texte wurden passend zu ihren Bildern dazu geheftet.

Jana betrachtete die Serie und ihre Augen fingen an zu leuchten, als sie ihren Fortschritt sah.

Maya machte ihr den Vorschlag, dass sie, um die Vergangenheit abzuschließen, die Serie zu verbrennen. Am Besten in einer feierlichen Zeremonie.

Ein paar Monate später bekam Maya einen sehr lieben Brief von Jana. Ihr würde es jetzt so richtig gut gehen, sich mit ihren Eltern wunderbar verstehen. Sie hätte einen neuen Freund, der sie respektvoll behandele. Als Geschenk lag für Maya ein Bild der beiden jungen Menschen bei und ein Gutschein aus der Gärtnerei in Mayas Nähe.

Maya freute sich riesig über diesen Erfolg. Ausgestellt werden wollte Jana nicht. Und das konnte Maya sehr gut versehen.

*Das kann ich verstehen. Du hast auch keine langweiligen Sitzungen, die als Ergebnis den Termin für die nächste Sitzung haben.*
Das wäre mir zu öde. Das macht auch keinen Sinn. Da fällt mir ein Manager ein, der genau dieses Problem hatte. Sitzung nach Sitzung ohne Ergebnisse. Er verzweifelte daran.

*Es kann schon frustrierend sein, Gespräche ohne Sinn zu führen.*
Ja. Früher, als ich direkt meine Ausbildung als Bankkauffrau hinter mir hatte, ging es genau so. Ich wollte etwas ändern, aber bekam immer nur Gegenwind, bis ich kündigte. Du hättest meine Eltern sehen sollen, als ich ihnen das erzählte. Sie haben mit mir geschimpft.

*Aber Recht hatten sie doch?*
Aus ihrer Sicht schon. Aber so hatte ich die Möglichkeit, mich frei zu entfalten. Ich hatte am Anfang Anlaufschwierigkeiten, aber mittlerweile kann ich sehr gut von arTra leben. Es hatte aber auch eine lange Durststrecke gegeben. Aber meine Eltern hatten mich auch unterstützt, so gut sie konnten und, was mir sehr wichtig war, sie hatten an mich geglaubt.

*Das hatte dir wahrscheinlich am meisten geholfen?*
Es hatte mir die Kraft gegeben, die ich brauchte, um meinen Weg weiter zu gehen und nicht den Weg, den andere für mich vorgesehen oder erdacht hatten.

## Bodo

Bodo dachte an seine Kinder. Sie waren noch klein. Der Große ging in die erste Klasse und der Kleine in den Kindergarten. Sie waren zwei Jahre auseinander.

‚Das wünsche ich mir auch für meine Kinder', dachte er sich. ‚Ich werde auch an sie glauben, dass sie ihren Weg gehen und nicht unseren.'

Dieser Satz hatte Bodo wach gerüttelt. Er wollte anders mit seinen Kindern umgehen, als er es bisher gemacht hatte. Er wollte ihnen die Freiheit geben, ihren Weg zu gehen. ‚Aber wie weit sollte die Freiheit gehen', kamen ihm Zweifel auf. ‚Ich will sie auch nicht ins Verderben rennen lassen und dabei zusehen.'

Dieser Satz ‚sie hatten an mich geglaubt' prägte sein Leben. Er ging ihm nicht mehr aus dem Kopf. Später würde er viele der Sätze des Interviews vergessen, aber diesen Satz nicht. Der blieb hängen.

Selbst als er später seiner Frau davon erzählte, blieb dieser Satz auch bei ihr hängen. ‚Zu schnell verfällt man im Trott, der keinem gut tut. Wenn aber dieser Trott ein Trott wird, der allen gut tut, für alle das Beste vorsieht, dann ist es ein guter Trott. Dann ist er auch nicht trotzig.'

Bodo lachte laut bei diesem Gedanken.

Maya sah ihn mit großen Augen an. Lachte er über sie?

„Sorry, Maya, aber ich hatte gerade einen lustigen Gedanken."

Als Bodo ihn Maya erzählte, lachten beide herzlich. Es brachte sie auf neue Gedanken.

Ihr fiel der Zettel wieder ein. Sie ging ins Büro und las ihn durch.

„Gut", sagte sie.

„Etwas Wichtiges?"

„Nein. Eine Freundin wollte einen Termin und sie kommt morgen wieder."

*Kam schon mal jemand vorbei, der nicht mehr ausgestellt werden wollte?*
Ja. Es kommen oft Kunden deswegen vorbei.


### *Mayas Erinnerung an Ulrich*

Ganz schüchtern kam er herein, wie ein kleines Kind, das etwas angestellt hatte. Er war sein ganzes Leben schüchtern. Das hatte sich durch die Sessions schon etwas verbessert.

„Ich weiß nicht, wie ich es sagen soll", sagte er.

„Worum geht es, Ulrich?" fragte Maya.

„Du hast doch die Bilder und die Texte in deiner Ausstellung."

„Ja."

„Und auch von mir, da drüben."

„Ja. Möchtest du, dass ich sie aus der Ausstellung nehme?"

„Oh, ja."

„Das ist kein Problem. Ich hole sie."

Maya ging zu den Bildern und gab sie Ulrich.

„Nicht, dass du denkst, ich mag das nicht. Ich finde es großartig und du hast mir sehr geholfen. Aber irgendwie fühle ich mich nicht wohl, wenn ich hier hänge. Bekannte waren auch schon hier und haben mich erkannt. Ich dachte, dass es mir nichts ausmachen würde, aber das tut es doch."

„Es ist dir peinlich?"

„Ja. Und ich bin dir dankbar, dass du sie einfach so abhängst. Ich hätte schon viel früher kommen sollen, schon vor ein paar Monaten."

„Ist schon in Ordnung. Manchmal braucht man seine Zeit, um über seinen eigenen Schatten springen zu können. Das ist ganz normal. Und ich freue mich, dass du gekommen bist."

„Du bist mir nicht böse, dass ich deine Ausstellung kaputt mache?"
„Du machst sie nicht kaputt. Ganz im Gegenteil, du bereicherst sie. Du bereicherst sie, indem deine Bilder hier hängen durften und indem sie jetzt nicht mehr hier hängen."

Ulrich bedankte sich und ging mit seinen Bildern zur Tür hinaus.

Maya dachte sich, dass es schade sei, dass er nicht mit seinem Programm weiter gemacht hatte und keine Session mehr wollte. Es würde ihm möglicherweise besser gehen. Aber jeder hätte die freie Wahl, es zu tun oder es zu lassen.

Der Platz im Ausstellungsraum blieb nicht lange leer. Kurze Zeit später kam eine Frau und brachte ihre Bilder. Sie seien zwar schon über zwei Jahre alt, aber sie wolle sie gerne ausgestellt haben.

*Was machst du dann mit den Ausstellungsstücken?*
Ich gebe sie meinen Kunden. Es sind ihre.

*Nehmen die meisten sie mit?*
Ja. Einige lassen sie da. Ich soll sie dann meistens vernichten.

*Unter uns: Behältst du dann nicht einige von den Stücken, die dir besonders gut gefallen?*
Unter uns: Nein.

*Kommen auch Kunden zu dir und sagen, dass sie ausgestellt werden möchten?*
Das kommt auch oft vor. Sie bringen dann ihre Stücke mit. Und wenn sie nicht beschädigt sind, hänge ich sie auch auf.

*Was kommt häufiger vor?*
Beides hält sich die Waage. Interessanterweise läuft es von alleine. Es sind immer so viele Kunden, die ihre Stücke mitnehmen, wie die, die ihre Stücke aufgehängt haben wolle. So gab es bei mir noch keine Warteliste oder eine Lücke.

*Wie machst du das?*
In meiner Vorstellung habe ich immer einen gefüllten Ausstellungsraum, der sich ab und zu ändert. Die Änderungen sind die Stücke, die ab- und aufgehängt werden.

*Es sieht sehr harmonisch in dem Ausstellungsraum aus. Wo hängst du neue Bilder hin oder hängst du Stücke um, damit es besser passt?*

Manchmal hänge ich Stücke um, wie das Bild von dem Mann. Das wollte ich unbedingt dort hängen haben. Aber die anderen kommen und gehen so, wie es der ‚Zufall' so will.

*Ja, ja. Der Zufall. Gab es auch besondere Zufälle, die dir in Erinnerung geblieben sind?*

Ja. Einmal waren nur Fotos ausgestellt. Kein Text und kein gemaltes Bild. Es sah schon interessant aus. Das blieb aber nur eine Woche so. Seit dem ist immer eine Mischung aus allem da.

### *Mayas Erinnerung an ihren Traum*

Maya erinnerte sich an einen Traum, den sie vor ein paar Tagen träumte.

Es war eine Feier neben einem Parkplatz. Es waren viele Frauen und drei Männer dort. Sie waren etwa sechzig Jahre alt. Der Kaffeetisch stand zwischen Parkplatz und Strasse. Sie tranken Kaffee und aßen Kuchen.

Es kamen drei Prostituierte die Strasse entlang. Eine war etwas zurück geblieben, weil sie noch ihre Schuhe richten musste. Die anderen beiden gingen an der Kaffeetafel vorbei und lächelten die Männer an.

„Zum Glück ist es warm", bemerkte einer der Männer wohl als Hinweis über die leichte Bekleidung der Damen.

Eine Frau von der Kaffeetafel sagte: „Die schnappen wir uns", stand auf und ging auf die dritte Prostituierte zu: „Wir machen hier eine kleine Feier und haben dabei vergessen, unsere Männer einzuplanen".
Einer der Männer, der an der einen Ecke der Kaffeetafel saß, fing an zu lachen. Maya wachte in der Nacht mit einem herzhaften Lachen auf und wusste, sie war der Mann.

Als sie jetzt daran dachte, musste sie auch lachen.

„Was hast du?" fragte Bodo.

„Ich hatte gerade an meinen Traum gedacht, den ich vor ein paar Tagen hatte."

Maya erzählte Bodo den Traum und er fing auch an zu lachen.

### Bodos Erinnerung an das Straßencafé

Wie Bodo so lachte, kam die Erinnerung an das Straßencafé.

Er saß in einer Fußgängerzone und hatte sich einen Apfelstrudel und einen Kaffee bestellt.

Seine Jacke hängte er über die Stuhllehne. An den Nachbartisch setzten sich zwei Jugendliche, die Espresso tranken.

Bodo fühlte, wie an seinem Stuhl der eine Stuhl des Nachbartisches sich rieb. Er dachte sich nichts dabei. Als Bodo fertig war, fühlte er es wieder.

Die beiden Jugendlichen standen auf und gingen.

Als Bodo zahlen wollte, holte er sein Portemonnaie aus der Jacke und stellte fest, dass sein Geld weg war. Er erschrak, fing sich aber gleich wieder. Er wollte dann mit Karte bezahlen. In dem Café ging es nicht. Er durfte aber zu einem Geldautomaten gehen und Geld holen.
Er ging zurück zu dem Lokal und bezahlte. Irgendwie fand er den Tag dann nicht mehr so besonders gut, machte aber das Beste daraus.


*Bist du schon einmal bestohlen worden?*
Nein, bisher noch nicht. Ich habe zwar schon einmal Geld verloren, aber bestohlen wurde ich nicht.

„Wie kommst du jetzt darauf?"

„Ich bin vor ein paar Monaten in einem Straßencafé bestohlen worden und hatte es erst bemerkt, als ich zahlen wollte."

„Warst du zur Polizei gegangen?"

„Nein."

„Warum nicht?"

„Ich weiß nicht. Vielleicht hatte ich auf diesen Trubel keine Lust. Es wurde auch nicht viel Geld gestohlen."

„Ich hätte es gemacht."

„So sind wir beide unterschiedlich", antwortete Bodo und beendete damit das Thema.

### *Mayas Erinnerung an das Seminar*

Maya erinnerte sich an ein Seminar, das sie im letzten Jahr besuchte. Sie war dort mit wunderbaren Menschen zusammen. Eine ganz andere Schwingung als Bodos Erlebnis im Straßencafé. Zu Beginn kamen sie ihr alle fremd vor. Aber schon am ersten Abend war es, als ob sie mit ihrer Familie zusammen war.

Und am zweiten Tag wurde die Verbindung noch intensiver. So ging es das gesamte Seminar hindurch. Immer näher kamen sich die Menschen.

Bei den gemeinsamen Übungen fing man an,

sich in die Augen zu sehen und sich selbst zu begegnen, zu sehen und zu fühlen. Das war, als sie mit einem Mann zusammen saß und sie sich gegenseitig in die Augen sehen sollten. Ohne zu denken, ohne zu sprechen und ohne zu blinzeln. Sie saßen sich gegenüber und sahen sich in die Augen.
In Maya zeigte sich langsam ein Bild. Sie hatte das Gefühl, das sie immer weiter aufsteigen würde. Sie sah zwei Energiekugeln, die in hellen Regenbogenfarben sich um sich selbst und umeinander drehten. Voller Freude und wie es schien, mit einer Verbindung auf Herzensebene. Maya fühlte die tiefe Ruhe und Freude, die diese Energiekugeln ausstrahlten. Dieses Bild blieb Maya im Gedächtnis.

‚Ob ich das auch mal mit Bodo mache', dachte sie und spürte in sich hinein. ‚Nein', war die Antwort.

Ein wenig traurig war Maya schon, aber sie akzeptierte ihre innere Antwort.

‚Aber Lucas wäre es', dachte sie voller Aufregung. Es dauerte einige Zeit, bis sie ihre innere Ruhe wieder fand, denn sie wollte auch hier ihre innere Antwort hören, die auch ‚nein' hieß. ‚Er ist ja auch nicht mehr da', seufzte sie innerlich.

Sie saß auf ihrem Stuhl und dachte nichts mehr. In ihrem Kopf war Leere und sie fühlte ein wenig Melancholie. So träumte sie vor sich hin.

Als sie wieder bemerkte, dass sie mit Bodo zusammen war, nahm sie ihn bewusst wahr. Sie beobachtete ihn. Er sah sie auch an, schien aber auch in Gedanken zu sein.

Als er auch wieder im Hier und Jetzt war, fragte er: „Woran hast du gerade gedacht?"
„An das schöne Seminar, das ich letztes Jahr besucht hatte. Ich hatte dir davon schon berichtet."

„Ja, genau. Das sehr tief gehende Seminar mit den wunderbaren Menschen."

„Genau."

„Wirst du wieder hingehen, wenn es erneut angeboten wird?"

„Ich weiß noch nicht. Mal sehen, wie es sich anfühlt."

### Maya Erinnerung an Lucas

Maya dachte an Lucas. ‚Wie es wohl wäre, wenn er mit im Seminar gewesen wäre?'

In Gedanken war sie an dem Nachmittag, als sie Lucas fotografierte. Es dauerte eine sehr lange Zeit, bis er sich klar war, wie er fotografiert werden wollte. Zuerst angezogen, dann nackt und wieder halbnackt. Er war sich nicht klar. Er zog sein T-Shirt aus und probierte es. Er tanzte ein wenig, machte Verrenkungen. Es schien, als ob er darüber nachdachte, die Hose auszuziehen, sich aber nicht traute. Als er es dann doch tat und in Unterhose vor Maya stand, fand sie ihn ganz süß. Es war ein sehr knapper Slip, der seinen knackigen Hintern so richtig zur Geltung brachte. Maya konnte ihren Blick nicht davon lösen. Als Lucas es bemerkte, war es ihm peinlich und er zog die Hose wieder an. Maya fand es schade, akzeptierte es aber. Mit freiem Oberkörper fotografierte sie ihn.

Jetzt ärgerte sie sich, dass sie ihn nicht in Unterwäsche fotografierte. Aber das Bild ist noch in ihrem Kopf.

Ein leises Kratzen holte Maya aus ihren Träumen.

„Deine Katze ist da", sagte Bodo.

„Ich gehe hin und mache ihr die Tür auf."

Maya stand auf und lies die Katze hinein. Sie ging gleich in die Küche. Maya folgte ihr, um ihr das Futter hinzustellen.

„Lässt du das Futter nicht dort stehen?" wollte Bodo wissen.

„Nein. Es ist zwar das Trockenfutter, das ich ihr zu dieser Zeit gebe, aber es hat einen sehr starken Duft.

Den möchte ich in dem Atelier nicht haben. Ich liebe den frischen Duft."

„Aber manchmal duftet es hier nach Farben. Die Ölfarben haben schon einen Duft, den man deutlich bemerkt."

„Das schon. Diesen Duft mag ich auch lieber, als den Katzenfutterduft. Am liebsten hätte ich den frischen Duft nach einem warmen Sommerregen in einem Wald. So herrlich frisch und klar und rein. Ich liebe diesen Duft."

„Das kann ich gut verstehen. Nur leider bekommt man ihn nicht in die Räume."

„Aber mit einer Duftlampe und sehr guten Duftölen, die ganz sanft und mild die Raumluft erfrischen, geht es schon. Es ist dann jedenfalls ein angenehmer Duft in den Räumen."

Als die Katze fertig war, ging sie zu Maya und schlich um ihre Beine. Das Schnurren war unüberhörbar. Als Bodo auf Maya zuging, fing die Katze an, auch um Bodos Beine zu schleichen. Sie schnurrte dabei weiter.

„Ganz offensichtlich mag sie mich auch", sagte Bodo. „Ich glaube, ich nehme sie mit nach Hause."

„Das kommt überhaupt nicht in Frage", schimpfte Maya und lächelte dabei. Sie hatte den ironischen Unterton in Bodos Stimme deutlich wahrgenommen.

*Welche Beziehung hast du zu deiner Katze?*
Es ist nicht wie eine normale Beziehung zu einem Haustier. Es ist mehr die Beziehung zu einem Freund, der die Freiheit lebt und sich in kein Schema stecken lässt.

*So wie du?*
Ja, so wie ich.

*Deswegen halten deine Beziehungen oft nicht lange?*
Das geht dich eigentlich nichts an, aber du hast recht. Viele Männer, die ich kennen gelernt hatte, hielten meine Freiheit nicht lange aus.

*Vermisst du eine feste Bindung?*
Nicht wirklich. Ich möchte eine Beziehung, die frei ist. Jeder soll das tun können, was er möchte, ohne gleich Rechenschaft darüber abzulegen.

*Was sagt deine Katze zu einer Beziehung?*
Sie sucht die Männer schon mit aus. An ihrem Verhalten kann ich sehen, was sie von ihnen denkt.

*Fließt das in deine Entscheidungen mit ein?*
Es fließt schon mit ein. Die Katze ist auch ein Spiegel für mich. Ich sehe viele Verhaltensweisen, die ich auch habe. Vielleicht ist sie doch ein wenig Mensch.

Die Katze ging zu Maya, schnurrte und sah ihr in die Augen. Sie ging zur Tür und schaute durch das Fenster hinaus.

### Bodos Erinnerung an seine Katze

Bodo sah es sich lächelnd an. Er kannte das Gefühl genau, das langsame Schmiegen um die Beine, mit der Hand leicht das Fell berühren und das beruhigende Schnurren zu hören. Als sie damals zu ihm aufblickte und sich ihre Blicke trafen, gingen sie gleich in sein Herz.

Als Kind hatte er auch eine Katze. Er liebte sie sehr, sie war sein bester Freund. Als die Katze damals gegangen war, wollten seine Eltern keine Katze mehr. Lange Zeit vermisste er sie, bis er sich daran gewöhnt hatte. Jetzt mit seiner Familie hatten sie kein Haustier. ‚Aber eine Katze wäre doch was', dachte er so bei sich.

Manchmal, wenn er eine Katze sah würde er sie gerne streicheln. Aber die draußen lebenden Katzen liefen immer gleich weg. ‚Das ist auch besser so, denn wer weiß, an wen sie sonst geraten würden", dachte er.

*Maya, du sprichst doch sicherlich auch mit deinen Kunden über Ängste. Werden die dadurch nicht verstärkt?*
Nein, ganz sicher nicht. Die Ängste sind nur so lange stark, wie sie krampfhaft unter der Oberfläche gehal-

ten werden. Werden sie nach oben geholt, ins Bewusstsein, verlieren sie ihre Kraft.

*Dann fühlen sie sich aber stärker an.*
Scheinbar. Aber wenn der erste Satz darüber gefallen
ist, lösen sie sich auf und es kann nach der Ursache
der Ängste geschaut werden. Der Abstand zu der
Angst wird größer und wie ein Beobachter lässt es
sich analysieren.

*Verschwinden dann die Ängste sofort?*
Das ist ganz unterschiedlich. Bei manchen Kunden
sind sie schon nach der ersten Session verschwunden, bei anderen Kunden brauchen wir auch mehrere
Sessions. Es hängt immer davon ab, wie tief die
Ängste sitzen und wie weit der Kunde sie sich an-
schauen möchte. Die Ängste werden aufgelöst …

Bodo unterbrach Maya:

*Was heißt aufgelöst?*
Aufgelöst heißt, dass sie mit großem Abstand betrachtet werden können. Denn dann gibt es die Möglichkeit, die Ursachen anzuschauen und zu sehen,
dass es für alles Lösungen gibt. Nur sehen wir sie
meistens nicht, wenn wir in unserer Suppe stecken.

*Was ist, wenn wir es erkannt haben?*
Dann machen wir eine Balance, um dem Körper, den
Emotionen und den Gedanken zu sagen, dass es
andere Wege gibt, bessere Wege. Der Kunde

schreibt, malt, bewegt sich oder tut das, was ihm gerade so einfällt.

*Sind mehr Männer oder Frauen bei dir?*
Eindeutig mehr Frauen. Männer scheinen sich nicht so an ihre Gefühle heranzutrauen, wie Frauen.
*Hast du auch Bilder oder Filme von den Bewegungen?*
Ich habe Bilder von den Bewegungen. Ich zeige dir ein paar.

*Bilden diese Bewegungen die Ängste ab?*
Nein, im Gegenteil. Sie sind die Befreiung zu einem leichteren Leben. In den Bildern sehen die Menschen ihr Potential. Sie können sich von Außen betrachten. Sie sehen die Befreiung deutlich.

*Und wie ist das mit den Texten?*
In dem Ausstellungsraum hängt ein Text von einer Frau, die ihr Bild nicht aufgehängt haben wollte.

„Diese Frau?" fragte Bodo, als er sich die Bilder ansah.

„Ja, diese Frau."


### Maya

,Seine Intuition ist schon bemerkenswert', dachte Maya.

„Komm, wir gehen in den Ausstellungsraum", sagte Maya.

Bodo las den Text laut vor:

Tief im Inneren meiner Seele war es dunkel und kalt.
Als ich es nach oben holte, brachte es mir Halt.
Tief im Inneren meines Schoßes war es dunkel und kalt.
Nun ist es wunderbar warm, brachte es doch den Halt.
Tief im Inneren meines Schoßes ist es hell und warm.
Habe ich doch auf wundersame Weise in mir es überall warm.
Tief in mir ist es wie überall hell und warm.
Habe ich doch getanzt mich hell und warm.

Bodo atmete ein paar Mal tief durch. Er hatte es am Vormittag schon gelesen, aber jetzt mit dem Bild zusammen bekam es eine sehr tiefe Bedeutung für ihn. Er sah das Bild noch vor Augen. Die Bewegung schien ungelenk zu sein. Aber als Maya ihm ein Bild von der Frau zeigte, nachdem sie sich über zwanzig Minuten bewegt hatte, kam er aus dem Staunen nicht mehr heraus. Was vorher sehr schwerfällig aussah, sah jetzt sehr grazil und feinfühlig aus, wie eine Elfe.

Maya sah ihn an und bemerkte die Wandlung in Bodo. Seine Gesichtszüge wurden weicher, so als ob er diese Session selber durchgeführt hätte.

„Ich zeige dir die Collage, die ich aus dem zweiten Foto gemacht hatte."

Zuerst wurde Bodo ganz warm ums Herz, dann kühl und wieder warm. Die Wärme breitete sich über den gesamten Körper aus. Er fing an zu schwitzen und dann zu frieren. Sein Herz schlug kräftig und sehr schnell. Er hatte das Gefühl, dass ihm schwindelig wurde und er musste sich setzen. Er nahm die Collage in die Hand.

„Atme tief durch", sagte Maya.

Er atmete tief und beruhigte sich langsam. Er konnte wieder klare Gedanken fassen und loslassen.

„Was war das denn eben?" fragte Bodo.

„Es ist ein Prozess in dir abgelaufen", fing Maya an. „Was es genau war, kann ich dir nicht sagen. Aber es hat sich etwas sehr tief Sitzendes gelöst."

Bodo atmete weiter tief und beruhigte sich langsam. Er sah etwas verstört aus. Maya reichte ihm ein Stück Papier und einen Schreiber. Bodo blickte sie fragend an.

„Schreibe oder male das auf, was in deinen Stift fließt", sagte Maya.

Bodo fing an, den Schreiber über das Papier gleiten zu lassen. Es wurde eine Linie und noch eine. Er malte so lange, bis fast kein weißer Fleck mehr auf dem Papier zu sehen war. Als er aufhörte, fing er an zu lächeln und sagte: „Danke".

Maya lächelte. Sie wusste, dass die Collage eine Wirkung auf Bodo haben würde. Sie kannte ihn schon lange. Sie musste sich auch eingestehen, dass sie diese Collage für Bodo gemacht hatte, was sie normalerweise nicht tun würde. Aber bei ihm war es etwas anderes.

Beide saßen sich gegenüber und blickten sich an. Sie sagten nichts, sie dachten nichts. Sie saßen nur so da.

Die Katze kam aus der Küche und miaute leise, so als ob sie die Stille nicht unterbrechen wollte. Aber sie sagte doch, dass sie gerne hinaus wollte.

Bodo stand auf und ließ die Katze hinaus.

„Wollen wir mit dem Interview weiter machen?" fragte Bodo.

„Ja, gerne."

Aber schon wurden sie durch das Klingeln des Telefons unterbrochen.

„Ich gehe eben noch ran."
Bodo wartete und sah sich noch mal das schöne Bild von dem Mann an.

„Wir bekommen nachher Besuch", sagte Maya, als sie auf Bodo zu lief. „Meine Freundin bringt ihr Bild vorbei und möchte, dass ich es bearbeite und aufhänge. Ich hatte es mir schon lange gewünscht. Aber jetzt ist erst die Zeit reif dafür."

*Du sagtest, es ist die Zeit reif dafür. Was bedeutet das?*
Alles, was wir tun, fällt uns entweder schwer oder leicht. Wenn es uns schwer fällt und es vielleicht nicht so gut klappt, dann spricht etwas dagegen. Wir bemerken nur meist nicht, was es ist. Manchmal machen wir Dinge, die uns vorher sehr schwer von der Hand gingen, jetzt viel leichter gelingen und wir sogar fröhlich dabei sind. Dann ist die richtige Zeit dafür.

*Ist das bei allen Dingen so, die wir machen?*
Es ist bei allen Dingen so. Wenn es im Einklang mit uns, mit unserem Herzen ist, dann bekommen wir die Unterstützung und alles, was wir dazu brauchen.

*Klingt ein wenig esoterisch.*
Es scheint so. Wenn wir unser Leben rückblickend betrachten, so stellen wir fest, dass es Episoden gibt,

die uns leicht fielen und welche, die uns - um es mal so zu sagen - das Leben schwer machten und diese, im Nachhinein betrachtet, nicht unbedingt notwendig waren.

Die Tür zum Atelier ging auf und es kam eine Frau mittleren Alters herein. Bodo schätzte sie auf etwa 48 Jahre.

„Hallo Julia", sagte Maya, ging auf sie zu.

„Hallo Maya", sagte Julia und stellte das Bild zur Seite.

Sie nahmen sich in die Arme und schaukelten leicht hin und her. Bodo konnte die innige Beziehung der beiden Frauen sehen. Sie schienen sich sehr zu mögen.

„Es ist schön, dass du das Bild vorbei bringst. Ich hatte es mir so gewünscht. Es ist so ein tolles Bild von dir."

„Es hat schon eine lange Zeit gedauert. Aber jetzt ist es soweit, dass ich mich traue."

Julia sah Bodo, ging auf ihn zu, gab ihm die Hand und sagte: „Hallo, ich bin Julia."

„Bodo."

„Ich hatte dir schon erzählt, dass ich interviewt werde", sagte Maya zu Julia. „Das ist Bodo Constantin von der Art'n&More."

„Oh", sagte Julia. „Soll ich dann später noch mal wieder kommen?"

„Nein", sagten Bodo und Maya gleichzeitig.

„Nein, das ist schon in Ordnung. Ich kann mich zurückziehen und ein Fazit des Interviews ziehen und mal sehen, welche Themen ich noch ansprechen möchte", sagte Bodo und zog sich in eine Ecke zurück.

Julia und Maya gingen in das Gesprächszimmer.

„Ich finde es schön, dass ich mein Bild doch noch aufhängen darf."

„Ich hatte es dir versprochen. Ich empfinde es als eines der besten Bilder. Ich bin einfach begeistert."

„Wie kriegst du solch schöne Bilder hin?" wollte Julia wissen.

„Das hängt von sehr vielen Dingen ab. Die schönsten Bilder entstehen spontan. Dazu braucht man nur im richtigen Moment auf den Auslöser drücken."

„Das klingt so einfach."

„Ist es auch und ist es auch wieder nicht. Wenn ich die Kamera immer schussbereit dabei hätte, wären viel mehr Schnappschüsse dabei."

„Aber so kommen die sehr guten Bilder besser zur Geltung und die Wertschätzung gegenüber solchen Momenten ist viel höher."

„Genau. Und das ist es, was dein Bild auch so besonders macht."

Sie unterhielten sich noch eine sehr lange Zeit.

„Ich glaube, ich muss jetzt gehen. Wir wollen Bodo auch nicht so lange warten lassen", sagte Julia.

„Oh ja, Bodo. Im Eifer des Gespräches habe ich ihn ganz vergessen", gestand Maya.

Sie gingen in das Atelier. Bodo war nicht zu sehen. Maya dachte schon, er sei gegangen, als er aus der Toilette kam.

„Ich dachte schon, du wärst gegangen", sagte Maya. „Hast du dich gelangweilt?"

„Nein. Ich hatte das Interview noch mal diagonal abgehört und ich denke, dass es fast komplett ist. Viel Zeit brauchen wir nicht mehr."

„Ich gehe dann jetzt", sagte Julia.

Sie verabschiedeten sich und Julia verließ das Atelier.

„Entschuldigung, dass es doch länger dauerte", sagte Maya.

„Es ist schon in Ordnung. Ich hatte so genügend Zeit zum Sortieren. Das müsste ich sonst zu Hause machen. Jetzt weiß ich auch wieder, was ich noch wollte."

„Und das wäre?"

„Schöne Fotos von dir. Hast du welche für die Zeitschrift?"

„Ich glaube nicht. Ich habe zwar viele Fotos von mir, aber das passende ist nicht dabei. Aber hattest du nicht heute Mittag Fotos von mir gemacht?"

„Ja, aber du hast jetzt eine ganz andere Ausstrahlung. Es wäre schön, wenn ich noch ein paar Fotos machen dürfte. Vielleicht vor dem Bild von Lucas?"

„Nein, das sollten wir nicht machen. Die Bilder sollen nicht in Zeitschriften veröffentlicht werden, ohne die Beteiligten zu fragen."

„Stimmt. Ich bin nur so fasziniert von diesem Bild. Es bietet aber sich ein neutraler Hintergrund oder die Küche oder das Gesprächszimmer an."

„Das Gesprächszimmer wäre toll", sagte Maya. „Lass uns dort hin gehen."
Sie gingen in das Gesprächszimmer und Maya setzte sich auf ihren Stuhl. Bodo machte mehrere Fotos aus verschiedenen Positionen. Am Ende einigten sie sich auf ein Bild.

### Mayas Erinnerung an Lucas

Maya dachte wieder an Lucas. Als Lucas das Atelier betrat, waren nur Fotos aufgehängt. Damals kannte sie ihn noch nicht. Er war nur sehr kurz da und ging gleich wieder.

Als sie ihn später danach fragte, sagte er, dass er in kein Fotoatelier gehen würde. Als er aber einige Monate später wieder kam, war er über die Vielfalt begeistert. Wieder Monate später ergab sich dann der erste Termin.

Als er das letzte Mal bei ihr war, sagte er, als er ging, dass er die nächste Woche wieder käme. Aber er kam nicht. Das ist auch schon ein paar Monate her.

Sie hatte anfangs die Hoffnung, dass er doch noch wieder kommen würde, aber im Laufe der Zeit versiegte die Hoffnung. Sie hatte zwischenzeitlich wieder ihre Arbeit im gewohnten Rhythmus aufgenommen. Ein Rhythmus, der eigentlich keiner war. Sie lebte den Tag, so wie er kam. Ging es ihr gut, füllte sich das Atelier, ging es ihr schlecht, so blieben auch die Kunden weg.

Immer wenn sie ins Büro ging, sah sie das Bild von Lucas und träumte. Aber sie sagte sich, wenn es nicht sein soll, dann wäre es auch OK. ‚Aber ist es das wirklich? Ist es wirklich OK?' frage sie sich in Gedanken selbst.

„Ist was wirklich OK?" fragte Bodo.

„Habe ich etwa Selbstgespräche geführt?"

„Nein, aber ich hatte diesen Satz gerade in meinem Kopf, so als ob er dort hinein gesprochen wurde."

Maya fing an zu weinen. Jetzt kam es aus ihr heraus. Das was schon so lange in ihr brodelte. Sie hatte es immer wieder herunter geschluckt. Jetzt kamen die Tränen, die sie schon vor so langer Zeit weinen sollte. Sie hatte es sich nicht gestattet. Aber jetzt war es soweit. Sie kamen. Und nach anfänglichem zögern fing sie an, hemmungslos zu weinen.

Gerade als Bodo sie in den Arm nehmen wollte, kam ein Kunde in das Atelier. Maya versuchte, die Tränen abzuwischen.

„Lass nur, ich gehe schon hin", sagte Bodo.

Bodo ging in das Atelier, stellte sich vor und sagte dem Kunden ganz höflich, dass das Atelier eigentlich geschlossen wäre und Maya nur vergessen hätte, die Tür abzuschließen. Aber wenn er sich umsehen wolle, könne er es gerne machen. Der Kunde sah sich kurz um, nahm ein Prospekt mit und sagte, er würde am nächsten Tag wiederkommen. Bodo verabschiedete sich sehr freundlich von dem Kunden.

Maya war froh, dass Bodo das übernommen hatte. Sie war ihm sehr dankbar. Maya fasste sich wieder.

„Ich muss dir etwas erklären", sagte sie und putzte sich die Nase.

„Wenn du es nicht möchtest, brauchst du es auch nicht."

„Doch, ich muss es dir sagen. Es geht um Lucas. Ich habe mich in ihn verliebt. Und durch dieses Interview sind die alten Wunden wieder aufgebrochen."

Bodo wollte gerade etwas sagen, aber Maya unterbrach ihn.

„Es ist gut so. Es ist wichtig für mich, das jetzt raus zu lassen. Ich hatte es schon zu lange mit mir herum getragen. Ein paar Mal war ich mit Lucas zusammen. Es waren aber immer nur Termine. Ich glaubte, dass er auch etwas für mich empfinden würde. Aber es war wohl eine Täuschung. Er hat sich schon mehrere

Monate nicht mehr gemeldet, obwohl er damals sagte, dass er die folgende Woche kommen wolle. Ich hatte mich auf diesen Termin schon sehr gefreut. Aber er ließ mich einfach sitzen. Einfach so."

„Vielleicht empfindet er wirklich nichts für dich", unterbrach Bodo. „Vielleicht ist ihm nur etwas dazwischen gekommen oder er hat jemand anders getroffen."

Maya fing wieder an zu weinen.

„Vielleicht ist er aber auch schwul. Wer weiß. Es gibt so viele Möglichkeiten."

Bodo machte eine Pause.

„Mein Vorschlag", sagte Bodo, „du hängst das Bild im Büro ab und siehst in die Zukunft. Denn da willst du hin. Du willst doch nicht in der Vergangenheit leben. Das ewige Denken an Lucas hält dich in der Vergangenheit fest und erlaubt dir nicht, in der Gegenwart zu leben. Es erlaubt dir nicht, die Möglichkeiten der Gegenwart zu entdecken und zu nutzen. Es gibt bestimmt einen Mann, der zu dir gehört. Nur bist du nicht dafür offen, wenn du an alten Dingen, wie zum Beispiel an Lucas, fest hältst."

Maya hörte die Worte. Sie hörte sie genau. Jedes einzelne Wort nahm sie auf und sie wusste, dass er die Wahrheit sagte. Sie fühlte, wie sie jetzt immer mehr

Lucas loslassen konnte. Sie fühlte, wie jedes Stück von ihr, das in der Vergangenheit gebunden war, wieder in die Gegenwart zurückkam. Sie fühlte es in jedem Teil ihres Körpers. Sie fühlte, wie sie Lucas frei lassen konnte, wie sie wieder Hoffnung bekam.

Sie stand auf, ging auf Bodo zu und umarmte ihn. Er umarmte sie. Sie blieben eine lange Zeit so stehen.

Sie ließ ihn los. „Mir ist jetzt nach einem Kaffee", sagte sie noch leicht verheult und lächelte.

„Mir auch."

Maya ging in die Küche und machte Kaffee. Als die Maschine den Kaffee brühte, ging sie ins Büro und hängte das Bild von Lucas und dem Vogelschwarm ab. Sie sah noch den Rand an der Tapete, der zurück blieb.

Sie ging zur Küche, holte den Kaffee und setzte sich zu Bodo in den Ausstellungsraum. Er saß auf dem Boden und blickte das Bild des Mannes an, den viele so faszinierend fanden.

Sie gab Bodo den Kaffe und sagte: „Das Bild hänge ich auch ab. Da kommt ein neues Bild hin."

„Bist du dir sicher?"

„Ja."

Sie sahen sich an und tranken den Kaffee. In Mayas Augen sah Bodo ein Leuchten, das er vorher noch nicht bei ihr gesehen hatte. Ein Leuchten, das von ihrer Seele zu kommen schien. Ein Leuchten, das ihn durchdrang, aber in so liebevoller Weise, wie er es von seiner Frau kannte.

„Der Kaffee hat schon lange nicht mehr so gut geschmeckt, wie jetzt", freute sich Maya.

Sie tranken langsam und mit sehr viel Genuss.

„Danke, Bodo", sagte sie aus tiefstem Herzen.

Bodo lächelte ihr zu.

Sie saßen noch einige Minuten zusammen.

„So, ich denke, dass es für das Interview reicht", sagte Bodo.

„Gut. Ich bin auch schon ein wenig erschöpft, oder auch etwas mehr, denke ich."

„Ich auch. Es ist auch schon spät geworden. Wollen wir noch zusammen Abendessen?"

„Nein danke, heute nicht. Ein anderes Mal vielleicht", sagte Maya und Bodo verstand.

Sie verabschiedeten sich, umarmten sich ganz herzlich. Bodo verließ das Atelier. An der Tür drehte er sich noch einmal um und winkte kurz. Maya winkte zurück und lächelte.

Maya ging in die Küche, setzte sich an den Tisch und blickte aus dem Fenster. Sie sah den alten Ahornbaum. Die Blätter raschelten leise im Wind. Ein paar Vögel flogen vorbei. Ein Vogel setzte sich auf einen Ast und sang ein Lied. Aber sie nahm das Lied nicht wahr.

In Gedanken versunken sah sie Lucas vor sich. Ihr gingen viele Gedanken durch den Kopf.

Sie verabschiedete sich von Lucas und ließ ihn gehen - aus ihren Gedanken, aus ihren Emotionen und aus ihrer Welt.

Sie wurde frei. Frei für das Leben, frei für die Hoffnung und frei für den Mann, der für sie bestimmt war.

*Blumen können nicht blühen
ohne die Wärme der Sonne.
Menschen können nicht Mensch werden
ohne die Wärme der Freundschaft.*

Phil Bosmans

## Acht Stufen zum Tempel
Eine Erzählung

Er ging zu seinem Tempel. Er fühlte, dass er den Weg gehen sollte. Es war ein Weg der Gefühle, die er aus seiner Kindheit und den späteren Jahren kannte, aber nicht einordnen und verarbeiten konnte. Jetzt hatte er die Gelegenheit, sich diese Gefühle noch einmal anzusehen und voller Liebe hinzuspüren.

Obwohl er sich innerlich auf vieles eingestellt hatte, begegnete ihm im Tempel etwas Unerwartetes …

Books on Demand
ISBN 978-3-8370-9949-2
Paperback, 112 Seiten